有名VTuberの
兄だけど何故か俺が有名になっていた
Yumei Vtuber no ani dakedo,
naze ka ore ga
yumei ni natteita
#1 妹が配信を切り忘れた
茨木野
画－pon

配信中
配信…切り忘れちゃってた、みたい
配信切れて、なくね？
ワインたんに餌付けとかふざけんな！
なにメスの声出してるんだよぉ

ひざまくらキター！
おれもワインたんの兄貴に生まれたかった！
ワインたん気づいて！

ワインの兄貴
塩尻いすず
塩尻聡太
いすずワイン

CHARACTERS

Yumei Vtuber no ani dakedo,
naze ka ore ga
yumei ni natteita

……お兄ちゃん、その女、誰？
修羅場で草ぁ……！
次回、兄貴死す！　デュエルスタンバイ！
独占欲丸出しワインたんまじかわヨ

そんなに兄貴が他の女と
コラボしようとしてたのゆるせんのか
嫉妬妹かわヨw
ヤンデレ妹で草

CONTENTS

4012

Yumei Vtuber no ani dakedo,
naze ka ore ga
yumei ni natteita

有名VTuberの兄だけど、何故か俺が有名になっていた

#1 妹が配信を切り忘れた

茨木野

GA文庫

カバー・口絵　本文イラスト
pon

#プロローグ　有名VTuberの兄だけど、何故か俺が有名になっていた

ＶＴｕｂｅｒをご存じだろうか。

バーチャルユーチューバーともいって、画面上に２Ｄ、ないし３ＤのＣＧ絵を用意して、配信活動を行う人たちのことを言う。

俺《おれ》の妹は、ＶＴｕｂｅｒのひとり。しかも登録者数が一〇〇万人の、有名ＶＴｕｂｅｒである。

「はーい、みんなこんばんわいん〜！　いすずワインだよぉー！」

銀髪の少女がパソコンの前に座り、可愛《かわい》らしい声であいさつをする。

俺の妹、塩尻《しおじり》いすず。

彼女の動きに合わせて、画面上のアバターが動く。

画面には、赤い髪をした可愛らしい少女が口を開いたり閉じたりしてる。

この子が、いすずが演じるＶＴｕｂｅｒ、いすずワイン。

まるでパソコンの中に、もうひとりのいすずがいるような錯覚を起こす。

妹のＶＴｕｂｅｒの隣には小さな枠がある。

《こんばんわいん～！》
《ワインたーん！》
《うおー！　ワインたん今日もかわいいよー！》

画面上に流れていく文字列。これは、いすずの配信を見ている人たちが書いた、コメントだ。

ＶＴｕｂｅｒの配信は、今や老若男女《ろうにゃくなんにょ》様々な人たちが視聴している。コメントを打つことで、その人も演者も一体となって、楽しむ。それが、ＶＴｕｂｅｒという新しい文化だ。

「今日はねー、ゲストを呼んでるんだ！　みんなお待ちかねの……この人！」

妹が、隣に座る俺を見やる。

準備は……できてるとうなずく。

いすずはうなずくとパソコン画面を操作する。

今までは、いすずの２ＤＣＧのみが表示されていた。かちかち、と妹がパソコンを操作すると、画面上に、新たな２Ｄイラストが表示される。

これが……俺の新しい肉体。新しい、俺。

準備完了ということで、パソコンマイクの前に顔を近づけて、俺は口を開く。

「ど、どうも……いすずワインの兄貴、です」

《キター！》
《兄貴きたーー！》
《待ってたどーー！》
《うわｗ　生兄貴だｗ》
《今日はこれを見に来たんだよぉお！》
《っぱ生兄よ》
《生兄ってなんだよｗ》
《いい声してんねえ！》
《ほんとそれだよな、イケボすぎてウケる》
《ツイッターのタイムラインも兄貴一色だ！》
《トレンドにも上がってるｗ》

などと、妹があいさつしたときの、数倍……いや、数十倍の量のコメントが流れていく。
「お、おまえらなんでそんな盛り上がってんの……？」

《そりゃワインたんの兄貴だもん》

《配信事故の切り抜き、今も出回ってるもんなぁ》
《兄貴の配信めっちゃ楽しみにしてたもんね！》

俺の配信を、楽しみ……？　いや、みんな妹の配信を楽しみにしてたんじゃないの……？


「お兄ちゃん！　すごいよ！　同時接続数が……！　もう一〇万人超えたよ！」

「へ、へー」

「もっと驚いてよ！　すごいことなんだってば！」

「そうなの？」

「そうだよ！　お兄ちゃんはやっぱり、すごいね！」

「すごいって言われてもなぁ……俺素人《しろうと》だしよ」

「ついこないだまで素人だったのに、たった数日でこの人気っぷり。すごい……いすずのお兄ちゃんは、世界一だよ！」

妹の配信のはずなのに、何故か、視聴者は俺の登場に喜んでいる。

また、コメント欄も『ワインの兄貴』という単語一色だ。

俺はついこないだまで、平凡な高校一年生……だった。しかしある日を境に、有名VTuber、いすずワインの兄貴として、俺もVデビューすることになった。

8

どうしてこうなった……。

＃1 妹の配信切り忘れ（事故）で俺が有名になった

「はぁ？　あんたみたいな陰キャと、付き合うわけないでしょ？」

俺の名前は塩尻聡太《しおじりそうた》。

私立アルピコ学園に通う、平凡な高校一年生。

期末テストも終わった、七月のある日。放課後の教室にて。

目の前には、クラスの女子でギャルの、木曽川《きそがわ》クスミがいる。

ウェーブの効いた金髪に、小麦色の肌という、ザ・ギャルみたいな見た目だ。

「あ……え？　で、でも俺たち付き合ってるって……」

状況を説明しよう。

クスミとはクラスメイト同士だった。でもあるときから付き合いだした。夏休みの予定を話そうとしたとき、彼女が冒頭のセリフを言ったのだ。

「付き合ってるんじゃなくて、お試しで付き合ってあげてもいいよって言ったの」

た、確かにあのときは、試しに～みたいなこと、言っていたような。

でも、試しにだとしても、交際してるってことじゃないの？

「え？　そんなこと……だって、休日デートしたり、買い物に付き合ったりしたよな？」

クスミと何度もデートしたことがある。

当日になって急な呼び出しをされたこともあったし、ドタキャンもあった。

「したわね。でもあれは別にデートじゃなくてあーしが遊園地行きたかっただけだし、買い物の荷物持ちが必要だったからだし」

そ、そう……なのか。

で、でも俺、遊園地も買い物も全額払わされてたんだけど……。あれ、付き合ってもないのに？

単に俺は、たかられてただけ……？　そんな……

「……じゃあ、マジで付き合ってるんじゃなかったの？」

「あったりまえじゃん」

さも当然、とばかりにクスミが言う。

どこか俺を馬鹿《ばか》にするニュアンスを含んだ言い方だった。

その返事を聞いて俺が感じたのは、怒りではなく……納得だった。

「は、はは……で、ですよねぇ……木曽川さん」

……そうだよ。クラスでも目立たない俺なんかと、クラスの中心人物であるクスミと、そもそも釣り合うわけがなかったのだ。

何を舞い上がってたんだろうな、俺……。

勝手に勘違いして、勝手に付き合ってると思い込んで……馬鹿みたいだ。

「そーそー。ソータくん。勘違いしちゃダメよ。あんたは底辺、あーしはカースト上位に君臨する勝ち組なんだから」

彼女は、ギャルなのにオタク知識に明るい。

俺もまあ、とある事情でそういうことには、少々知識がある。

共通の話題があるからか、クスミとよく話すようになった。

言葉はきついが、積極的に話してくれるし、おっぱいもおっきいし、気づけば惹《ひ》かれていた……。

あと、単純にギャルっぽい女子が好きなのである。

「ち、ちなみに今告白しても、結果は変わらない？」

「ない。ごっめん、あーしあんた無理」

「ええと……あの、ちなみに振られた理由はなんでしょう？」

「はー？　聞こえなかったんですかソータくーん？　あんたが何の取り柄もない、陰キャの底辺だからだっつんだけど？」

「取り柄……」

「そ。あんたなんももってないじゃん。身長が高いわけでもない、家がお金持ちなわけでもない、顔がいいわけでももちろんない。ないないづくしのモブ。背景キャラ。それがソータくん」

「……あ、はぁ」

「一方であーしは？　大企業の社長令嬢。金持ちでこの可愛《かわい》い見た目、さらに誰《だれ》とでも話せるコミュ強のいい女」

クスミはいいとこのお嬢さんらしい。

お兄さんは確かあの超有名ラノベ作品、デジマスを出版している大手出版社TAKANAWAで働いているエリートだ。

金持ちで、見た目もいい、人気者。それが木曽川クスミ。

何でも持っている勝ち組で……一方の俺は、彼女が言うとおり、何も持っていない男。

「はーあ、あんたがせめて、この子くらい人気ものだったらねぇ。つきあってやってもいいけど？」

そう言って、クスミはスマホを取り出す。

画面には、ひとりの可愛い女の子のイラストが映っていた。

「いすずワイン……」

「そ、今ちまたで大人気の女VTuber！　あーしの一番の推し。はぁん、可愛いよねぇ」

うんうん！　よーくわかる！

いすずワイン。大手事務所に所属し、登録者一〇〇万人超の有名ＶＴｕｂｅｒ。

そして、俺の可愛い……

「まあ、そうだな！　いすずは可愛い！　世界一だ！」

「なんだあんたも知ってるの。ま、あんたみたいなにわかファンでも知ってるなんて、ワインたんまじインフルエンサー。はぁ、ワインたんに一目会ってみたいなぁ、リアルで～」

なら、俺んちにくれば、と言いかけるが、口を閉ざす。

リアル割れはご法度《はっと》と、いすずは言っていたからな。

「とにかく、あんたみたいな陰キャで、何も持たない屑《くず》とは付き合う気ないから」

言葉きっついなぁ……。まあでも、いちおうは納得いった。そりゃそうだ、俺はクスミが言うように、俺自身に何の魅力もない、ただの高校生だしな。これ以上食い下がっても、彼女が振り向いてくれるとは思えない。

「……わかったよ」

「うんうん、身の程をわきまえた下民は嫌いじゃないわ。ま、でも付き合う気なんて一〇〇ぱーないけどね」

「は、はは……はぁ……」

ぼろくそ言われまくって、だいぶ精神的に参ってるところに、クスミは追い打ちをかける。

「うん。それにあーし付き合ってる男居るし。ちなみにあんたとお試しで付き合ってるときにも別に男キープしてたから」

え、え、ええええ⁉　今とんでもないこと言ってなかったこの人⁉

「男いたの⁉　付き合ってたのに⁉」

「つきあってないっつーの。なに、怒ってるの？　彼氏でもないくせに」

「あ……そ、すね……」

「そ、じゃね」

そう言ってクスミは去っていく。

はぁ、と俺はため息をついた。

「まじかぁー……。いや、でも……はぁ……」

なんかもう、いろいろ……こう、精神的にくるものがある。

この数ヶ月なんだったんだよ……って。

しかもお試しとはいえ付き合ってる間に、別の男とも付き合ってたなんて……。

俺、マジでこの数ヶ月、何やってたんだろうな……。

うちも、全然裕福じゃないってのに……。はーあ……。

……後になってわかったことだけど。

あいつは、クラスの男子全員を、下の名前で呼んでいる。

そうやって振る舞えば、男子からの好感度があがり、チヤホヤされる。

だからやってるだけ。戦略だったのだ。

「はーあ……夏休み前で、良かった」

季節は七月。もうすぐ夏休みだ。学校に来る回数も、残り数えるほどしかない。

クスミと顔を合わせて気まずい思いをする回数も減る。

それがせめてもの救いだった。

☆

クスミに振られた俺はトボトボと歩きながら自宅を目指す。

最近は毎日が日曜日のように、気分が高揚し、足取りも軽かったのだが。

今はもう体が重くてだるくて、仕方なかった。

「はぁ……まさか、付き合ってすらなかったとは……とほほ……」

マジでこの数ヶ月間、なんだったんだろう。親父《おやじ》は、俺にカノジョができて、泣くほど喜んでたんだけどな。

振られたこともショックだったけど、親にぬか喜びさせちゃったことも、辛《つら》かった。

「って、いかん、こんな顔してたら、親父といすずに心配させちまうじゃないか」

なるべく、なんてことないように振る舞おう。うん、そうしよう。うん……。

ややあって、俺は自宅へと帰ってきた。

「ただいまー」

俺んちは駅前にある、喫茶店だ。名前を喫茶あるくまという。

レトロな雰囲気の内装、落ち着いたオレンジ色の照明が、店内にいる客たちを照らしていた。

駅前であり、そしてコーヒーもうまいってことで、近所では人気の店である。

人の入りはぼちぼちだ。超満員ってほどじゃあない。俺は……もっとこの店は繁盛《はんじょう》してもいいと思ってるんだよな。親父のコーヒーうまいって近所じゃ有名だしよ。

テレビとかきてくんねえかなぁ。そうすりゃなぁ、たすかるんだけど。

まあ、ないものをねだってもしょうがないよな。

「あらん、そーちゃんお帰り～」

カウンターにたってコーヒーを煎れながら、親父が俺に語りかける。

見た目はロシアンマフィアみたいにごついのだが、中身は乙女。それが俺の親父。

客たちは俺を見ることなく談笑を続けていた。まあ、単にここの店長の息子ってだけだからな。

「ただいま、親父。手伝うよ」

「あらん？　そう……？　今日はシフトじゃないでしょ？」

「いいんだ、ちょっと手を動かして、気を紛らわしたいんだ」

俺は一度バックヤードへ引っ込んで、シャツの上からエプロンを着けると、カウンターへと戻ろうとする。

だが……そこへ親父が来て、その手を優しく包んでくれた。

「そーきゅん、今日は店の手伝いいいわ。ゆっくりお休みなさい。何かあったんでしょ？」

「⁉　わかるの……？」

「わかるわよ、あなたの親なんだから」

親父には、かなわないや。どうやら俺がショックを受けて帰ってきたことを、察したようである。

「お風呂《ふろ》にゆっくりつかって、いーちゃんとゲームでもしてあげなさい」

「わかったよ、親父。今日はラブリーマイシスターと、一緒に過ごして嫌なこと忘れるよ」

「ええ、それがいいわん」

ひらひら、と手を振って親父が去って行く。親父……というかうちはちょっと特殊な家庭環境だ。

でも、親父は俺にも、そして妹のいすずにも、すごく優しくしてくれる。

俺はそんな家族のことが大好きなんだ。

「……そうだよ。親父たちにいつまでも暗い顔見せちゃ、駄目だよな」

振られたことは辛くて、正直数日間くらいは凹《へこ》んでいたかった。でも家族にいつまでも暗い顔を見せて、心配や、迷惑をかけるのはいやだった。

切り替えよう、うん、そうだよ、カノジョに振られても、俺には家族がいるじゃないか。

☆

突然だが、今世間ではＶＴｕｂｅｒというものが流行《はや》っている。

動画配信サイトを使って活動する、いわゆる配信者の一種だ。

アニメ調イラストの絵から立ち絵を作り、そこに動きと声を吹き込む。

かなり変わった形の、否《いな》、新しい形の配信といえよう。

俺の妹、塩尻いすずは、ＶＴｕｂｅｒとして活動してる。

Ｖ（ＶＴｕｂｅｒの略な）としての名前は、いすずワイン。

ロリっぽい外見、オッドアイ。そして、可愛いらしい声。

彼女は配信者で、可愛らしいガワ（※ＶＴｕｂｅｒのモデル、キャラデザのこと）に振る舞い、そして高いゲームセンスと、際《きわ》だったキャラクター性を持つ。

活動を始めてから三ヶ月が経過し、チャンネル登録者数が一〇〇万人いる、すごい人気のＶだそうだ。

いすず曰《いわ》く、登録者とは戦闘力のようなものらしい。

妹は戦闘力一〇〇万の強者らしい。フリ●ザ様超えてるやんけ。
今日も今日とて、いすずはＶＴｕｂｅｒとして活動している。
俺はリビングで夕飯を作りながら、スマホで、妹のゲーム配信を見ていた。

『きゃははっ、ざーこ、ざーこ♡　一瞬でハチの巣になってやーんの♡』

いすずがやっているのは、えぺという銃で戦うバトロワゲーム。
彼女が操作するキャラが、敵を一瞬で倒してみせたのだ。

《ワインたんＴＵＥＥ！》
《ワインたんまじ強すぎ！》
《かわいいお声だけでなく射撃の腕までチートなんて》

コメント欄では、いすずを称賛するコメントが流れていく。
「でしょ？　すごいでしょ？　てんっさいでしょ～？　って思った人はスパチャちょーだい♡　ただでアタシの配信見れると思ってんの♡　どーせ彼女もいなくて金の使い道がないなら、アタシにお金おとせこら♡　ま、金もらっても特にお礼とかしないけど～♡」

露骨に金をせびるいすず。

言ってること結構きついし、屑発言だ。

スパチャ。投げ銭ともいう。配信者に向けて、お金を振り込むシステムだ。

……改めて思うけど、スパチャってようするに、チップ、だよな。

キャバクラとかであるあれ。

キャバクラで金よこせ、なんてキャバ嬢が言ったら、下手したら店クビになるぞ。

《しかたないなぁｗ》

《その可愛いお声で頼まれたら、投げ銭してしまう！》

ところがこんな感じで、みんな結構金を投げているのだ。まじかよ……って毎回思う。

兄ちゃん的には、そういう金をせびるようなマネを、妹にさせたくないんだがな……。

うちの状況、そして妹の思いをかんがみると、やめなと強く言えないんだ。

『あ、独身のかわいそうな雑魚《ざこ》どもちーっす♡　このお金はアタシがスマホでガチャ回すお金に有効活用させてもらいまぁす♡　ねえねえどんな気持ち？　自分が汗水流して稼いだお金が、他人の娯楽代に消えるのって～♡　なさけなくないのぉ～♡』

これだけ暴言吐いて、受け入れられてる。いすずのキャラがそうさせているのか、あるいは、

その可愛い声がそうさせてるのか。

わからないが……兄ちゃんとしては、思うところがある。

ほんとはいい子なんですよ、この子。

こんな感じに、ゲームと暴言の上手さを視聴者に見せびらかしつつゲームは終了した。

『今日もたんまり稼いだわ～♡　いやぁ、お金っていいよねぇ♡　アタシお金がこの世で一番だいすき～♡』

《くずｗ》
《可愛い見た目なのに守銭奴、だがそれがいい》
《次の配信もみにいくよー！》

配信者は、最後にスパチャに対する感謝のメッセージとかするらしい。

名前を呼んであげると、喜ぶんだとか。そうすると次また、スパチャしようってなるから、みんなやってるそうな。けれど……。

『はい終了。おつワイン～！』

いすずの配信は、こんな情もない一言を投げかけての終了がいつものことだ。

当然の反応として、ネガティブなものも多い。

《なにあのメスガキ。態度悪すぎ》
《スパチャしてやってるのにお礼もなしかよ》
《読み上げないとかおわってんね》

まあしょうがない。妹はあまりに媚《こ》びを売らなすぎる。

でも、人気がある。それはひとえに、彼女が、そういうキャラとして、ネット上での人気を確立しているからだ。

《あのメスガキ感がいいんじゃーんｗ》
《逆に媚び売ってきたらびびるわｗ》
《今時、だれに対しても媚びを売らない硬派なメスガキがいいんじゃないか》

賛否両論のコメントが流れている。

俺としては、妹がどんな形であれ、世間に受け入れられてるのはうれしい限りだ。

妹は、俺たち家族のために、めちゃくちゃ頑張った。だから目一杯、労をねぎらおう。

「さて、と。飯もってくか」

夕飯のチャーハンが完成したので、俺は二階へ、妹の部屋へと向かう。

コンコン……。

「いすずー？　飯持ってきたぞ～」

《誰の声？》
《あれ？　配信切れて、なくね？》
「あー♡　おにーちゃーーーーーーーーん♡」

☆

改めて俺の超絶可愛い妹を紹介しよう。妹は可愛いから何度紹介してもいいよね？

塩尻いすず。

歳《とし》は一つ下の一五歳で、現在は中学三年生だ。

だが現在は、とある理由で学校には通っていない。

銀髪に、真っ白な肌。緑がかった瞳《ひとみ》と、日本人離れした見た目をしてる。

それもそのはず、彼女はロシア人と日本人のハーフだ。

親父が元々ロシア人で、日本に帰化している。母親が日本人。

余談だが、俺は黒髪黒目の純日本人だ。

御察しのとおり、俺といすずは血がつながっていない。義理の兄と妹の関係だ。

まあちょっと複雑な家庭環境にあるのだが、詳細は省略。

いすずの外見を説明すると、身長はやや低め。

神が作ったかのように、整った顔。ぱっちりとした二重。

そして、メリハリのあるボディ。いわゆるロリ巨乳ってやつだ。

人前に出て、一〇人が一〇人、美少女と称するだろう。俺もそう思う。

だが彼女は引きこもり、かつ人見知り。

だから表舞台に立たず、ＶＴｕｂｅｒとして活動してるわけだ。

「おにーちゃんおにーちゃーんおにーちゃーーん♡」

さっきのクソガキ然《ぜん》とした態度の、いすずワインはどこへやら、妹の部屋に入った途端、俺の腰にぎゅっと抱き付いてきたのだ。

俺は、片腕でぎゅっと抱きしめたあとに、頭をよしよしする。家計のため奮闘してくれる妹に、メシ＋なでなででいいのかなって、思う。でも……

ふにゃん、といすずが口元を緩めて「しふくぅ～♡　このために生きてるぅ～♡」と喜んでくれた。良かった、ちょっとでも元気になってくれたようで。

「今日も頑張ったな！　ほら、飯だぞぉ！　兄ちゃんスペシャルディナーだ！」

「い、いすずの部屋までもってきてくれたんだぁ♡」

「ああ。おまえ部屋出るの嫌いだろ」

「うん♡　うん♡　ありがとぉ♡」

《誰だこいつｗ》
《なんだこのこびっこびの声ｗ　くそ受けるんですけどｗ》

「残さず食べるんだぞ」
「おにーちゃーん、ごはんたべさせてー♡」
《ご飯食べさせてだと⁉》
《お、お兄ちゃん⁉　ワインたんお兄ちゃんいるのか⁉》
「おうよ！　いいぜ！」
「わーい♡　ありがとぉ♡」

《いや食べさせるんかい！》
《キャラ崩壊してません⁉》
《くっそこの兄貴、ワインたんに餌付けとかふざけんな！》
《うらやましね！》

甘いといわれるかもしれない。

だが俺は、妹の頼みを断りたくないんだよ。それで妹が元気になれるなら安いもんだ。

《甘い！　ゲロ甘い！》
《なにメスの声出してるんだよぉ》
《ちくしょぉ！　そこかわれ兄貴ぃ！》

ベッドに並んで座る俺といすず。

「おにーちゃーん♡　はやくぅ」

「はいはい。ほら、あーん」

「あーん♡　ん〜♡　おにーひゃんのちゃーはんは世界一〜♡」

《あーんだとぉ⁉》
《ワインたんにあーんするだって！》
《くっそおれもしたい！》

「おにーちゃんもっとぉ、もっとちょーだーい♡」

《このメスガキ吸血鬼、メスの声でおねだりしやがる》
《なんてこった！　浦山杉！》
《処刑だ！　処刑せよ！》
《まあせめてもの救いは、相手が兄貴ってことだな》
《血のつながった兄っぽいから許せる。これで男ならネットが大荒れするもんな》

ほどなくして、いすずがチャーハンを食べ終わる。

「ふー、満腹ですぞい」

「こら、食べてすぐ寝るな。牛になるぞ」

「配信で疲れたから、お兄ちゃんのお膝《ひざ》で休憩したいんだもーん」

《ひざまくらキター！》
《ワインたんにひざまくら、わいもしたい！》
《おれもワインたんの兄貴に生まれたかった！》
《ちくしょぉお！　リアルワインたんのご尊顔みてぇえ！　ひざまくらしてぇえ！》

休憩……か。やっぱりかなり無理をしてたんだな。そりゃそうだ。人から嫌われることなんて、進んでやりたがるやつはいない。

でも、うちの妹は、い、い、い、やってくれる。家族のために。……でも。

クスミに振られて、冷静に戻れた。だからこそ、今こうして、後回しにしてきたことを考える余裕ができた。やっぱり、よくない。妹に無理させて、働いてもらうことは。

俺はいすずの髪の毛をよしよししながら言う。

「いすず……さっきの配信だけどな」

「わぁ、お兄ちゃんアタシの配信みてくれてたんだぁ♡」

「ああ、スパチャは投げてないけどな」

「いいよぉ♡　お金なんてぇ♡　お兄ちゃんが見てくれるだけでうれしいもーん♡」

《スパチャなしでこの喜びよう》

《愛されてるなぁ兄貴》

《いいなぁあああ！》

「スパチャ……か」

今から言うことは、家計にとってマイナスになること。親父に、そして何より頑張ってくれてるいすずに迷惑をかけることだ。

でも俺は、クスミに振られて帰ってきたとき、一番に心配してくれた親父を見て、改めて思ったんだ。俺にとっての家族っていうのは、特別で、大切なもんだって。

その家族が、傷つく姿は……見たくないんだ。わかってる、これはエゴだよ。でも、それ以前に、俺は……兄貴なんだ。

「……なあ、前から思ってたんだが、いすず」

俺は、妹に言いたかったことを告げる。

「あんな、クソガキみたいなキャラ作って、見てる人にひどいこと言うの、やめたほうがいいと思うぞ」

《は？　キャラづくり？　どゆこと？》

「せっかく見に来てくれてる人のコメント、無視するのはよくないよ。せめて、お金投げてまでコメントしてくれる人には、ありがとうっていうのが礼儀だろう?」

前からずっと、思っていたことだ。俺は、妹がいい子だって知っている。

妹が自覚して、あんなふうな演技をしてることも、だ。

それでも……俺は妹に無理させるのが、辛かったのだ。

「う……で、でも……あれは、そういうキャラが好かれてる、望まれてるからやってるんだもん」

「うん、わかってるよ。おまえが本当は優しいやつだって、兄ちゃんはわかってる。でもな、兄ちゃんはつらいんだ。コメントの中に、アンチ?　っていうのか。おまえに対してひどいこと言うやつがいるのが、見てられないよ」

《兄貴いいやつ》
《ワインたんもいいやつ》
《なんだこの兄妹、いいやつ兄妹かい》

「で、でも……リスナーの望むように振る舞わないと、スパチャもらえないし」

「あのな……前から言いたかったけど、金について、おまえが気にしなくていいぞ。たとえうちが、貧乏だったとしても」

《え、ワインたんの実家貧乏なん？　はじめてきいたぞ！》

《ちょ⁉　衝撃事実！》

「うちは、複雑な家庭だ。お袋が死んで、親父がひとりで俺たちを養ってる。店を作ったときの借金がまだ返せてない状況。金に余裕がないうちのために、おまえが一念発起して配信をはじめたことも、わかってる」

親父は喫茶店をやってる。

二人で店をやるのが、死んだお袋との夢だったからだ。

《泣ける》

《金にあれだけ執着してたのは家族のためだったのか！》

《父子家庭なのか、大変そうだ》

「でもな、おまえが頑張る必要はないんだよ」

「……お兄ちゃんだって、がんばってるじゃん。学校から奨学金もらってるんでしょう?」
「まあな。でも、俺のことはどうでもいいんだよ」
「どうでもよくないよ! お兄ちゃん、パパの代わりに家事とか、いすずの面倒とか見たうえで、夜中遅くまで勉強してるじゃん。体壊しちゃうよ、いつか……」
《なんだこの優しい兄貴》
《家のこと全部やってしかも勉強まで頑張るとか》
《休め兄貴!》
「俺は若いし大丈夫だよ。だから、おまえが金稼ぐ必要ない」
「やだ。お兄ちゃんとパパにばかり、負担かけさせたくない。いすずは、やめないよ。だって、家族が大好きだもん」
《わ、ワインたーん!》
《けなげ! けなげすぎるよ!》
《今までアンチだったけど、見直したわ》
《金の亡者《もうじゃ》じゃなかったんだな、すまぬw》

《これで家計の足しにもしてくれ‼》

泣いてる妹の頭をよしよしとなでる。ったくよぉ、ほんとにうちの妹は優しくて最高だぜ。

妹が、家族のために無理してるって思ってた。でもちがうようだ。妹なりに決意と覚悟をもって、自分でやってることなんだ。……そんないすずの活動を、俺はやめさせられなかった。

「わかったよ、いすずの覚悟、ちゃんと受け取った。でも、無理だと思ったらすぐに俺に言うんだぞ。いつだって兄ちゃんは、おまえの味方だからな」

《あ、兄貴！》

《ワインたんの兄貴やさしぃい！　やだ、ほれてまうやろ！》

《嫉妬《しっと》コメ減ったな》

《兄妹そろっていいやつすぎたからな》

《これは応援したくなる！　ワイは投資するで！》

と、そのときだった。

ＰＲＲＲＲ♪

スマホに着信が入った。誰からだろうと思ってみると、画面には、木曽川クスミの文字が。

……いやだなぁ、出たくない。特に今日、ふられたばっかりだしな。

「どうしたの？　でないの」

「出たくない相手なんだ」

「だれ？」

「同じクラスの子」

「ふーん、どうして？」

「告ったけど、ふられちゃったんだ」

《超展開！》
《ワイン兄貴をふるだと！》
《こんないい兄貴にひどいことしやがる！》
《相手は誰だ！》
《同じクラスって言ってたな》

「ひどい！　最低！」

いすずが本気でキレてくれて、うれしかった。親父もいすずも、俺の味方なんだってわかってさ。
「まあしょうがないよ。俺、何も持ってないし。顔もフツメン、身長だって高くない」
「けど、お兄ちゃんは優しいもん！」
《そうだ！　ワイン兄貴はやさしいもん！》
《振った女ぶち●そうぜ！》
《誰だよそのアホはよぉ！》
「そいつだれ⁉」
「木曽川って女子。木曽川クスミ」
「クズ美ね。名前のとおり屑女だわ！」
《クズ美w　名は体を表す！》
《おい特定班！　ネットに晒《さら》し上げてやれ！》
《ん？　木曽川って隣のクラスにいたぞ》
《え、ちょ、マ⁉　よしやれ、さらしたれ！》
《いやちょっと待てよ。クズ美と同じ学校なら、ワイン兄貴のことも特定できんじゃね？》

《そうだよ！　クズ美が今日振った相手を学校で調べりゃわかんじゃん！》
《きたー！》
《いやでもワイン兄貴はかわいそうだ、さらしものにはしたくない！》
《それは同意》
《でも気になるw》
《だってリアルワインたんを知ってるわけだろ、その兄貴》
《うはw　気になってきたぁ！》

憤《いきどお》る妹の頭をなでながら言う。

「俺の代わりに怒ってくれてありがとう。その気持ちで十分さ」

「むぅ……お兄ちゃんがいいっていうなら、いいけど……でもいすず許せないわ！　クズ美！」

そのときふと、俺は気づく。

「なあ、いすず。おまえさっきから、スマホずっとブーブーいってないか？」

「ほえ？　とってー」

《お！　ついに！》

《ワインたん気づいて！　配信されてないよ！》

いすずにスマホを渡す。

彼女の顔色が、一瞬で青ざめる。

「どうした？」

「配信……切り忘れちゃってた、みたい」

え？　え、えええええええええええ⁉

配信切り忘れって、ちょ……⁉　じゃあ！

今まで会話、全部聞かれてたってことかよぉお⁉

☆

俺の妹いすずが、配信を切り忘れていた。

どうやら今日のえぺ配信が終わってから、俺がチャーハンを持ってって、食べさせ、そのあとに語った家庭事情まで、全部知られてしまったらしい。

その後、いすずのマネージャーから即電話がかかってきた。

おしかりをたっぷりと受けたらしい。

翌朝。妹の部屋にて。

「おにいちゃんごめんねぇ……」

パジャマ姿のいすずが深々と頭を下げてきた。いつも俺の前では元気いっぱいの妹が、肩をすぼめてうつむいてる。本当に反省してるんだろう。なら俺がするべきなのは、しかりつけることじゃあない。ぽん、と俺は妹の頭に手を乗せる。

「気にすんな。ミスは誰にだってある」

「はう……♡　ちゅき……♡」

「しかし、これからどうなるんだろうな。切り忘れが原因で、おまえ大変だろ」

「うん、いろいろやばい。キャラづくりばれたし……」

「だよな……」

……脳裏をよぎる、クビの二文字。くそ、せっかく妹が家族のため、頑張ってＶＴｕｂｅｒとしての、一定の地位を築き上げたのに……！　俺が、配信の切り忘れに気づいてやれなかったせいで……！　妹が……積み上げたもの全部おじゃんにしてしまった。兄貴失格……。

「けど、けどね、悪いことだけじゃないんだよ！」

あ、あれ？　なんかすごい笑顔……？

「え、悪いことだけじゃあ……ない？　どういうこと？」

いすずがマネージャーから聞いたところによると……。

妹の所属するＶＴｕｂｅｒの会社は、今回の件で特に、いすずをクビにすることはないそうだ。

そして、今回の配信事故、ものすごいバズったらしい。

「ば、ばず……？」

「ちょー拡散されたってこと！　ほらみて、チャンネル登録者数が一二五万人に増えたの！」

な、なにぃぃ⁉

「な、なんかこないだ、一〇〇万人っていってなかった？」

「そう！　あの事故配信があってから、二五万人も登録者がふえたんだ！　たった一晩でだよ！」

そ、そう言われてもわからん……。

いやまてよ、いすずは三ヶ月で一〇〇万いって、それがすごいって評価されていた。

……じゃあ、一晩で二五万人増えたのって……。

「増えすぎだろ！　すげえな、おまえ」

「ううん、すごいのはお兄ちゃんだよ！」

「俺？」

「そう！　ツイッターのトレンド見て！」

ツイッターは、お祭り騒ぎになっていた。

【＃ワインの兄貴】が、世界トレンド一位。

さらに兄貴、放送事故、いすずワイン事故配信、兄貴いいやつ、など。

さっきの配信内容が、SNS上でものすごいスピードで拡散されてるらしい。

なんだか、わけがわからんな……。俺の行動が、見知らぬ誰かに影響を与えることなんて、今までなかったし……。

「な……なんか、やばいな」

「ね！　これも全部お兄ちゃんのおかげだよ！」

「いや俺なんもしてないし……」

「お兄ちゃんがいたから、素の自分をさらせた。事故だったけど、それが世界に拡散できたのは、お兄ちゃんとの会話がきっかけだと思う」

まあひとりで実は父子家庭で～とか、キャラ作ってて～なんて言えないしな。

俺がいて、俺との会話があったからこそ、家庭事情を分かってもらえた。俺のおかげ、と言えなくもない。

別になんもしてないんだけどな。

「ほとんどの人がね、いすずのこと応援してくれてる。今までアンチだった人も、がんばれって。……うれしい」

ぽたぽた……といすずがうれし涙を流す。

アンチか……。有名人になれば、反対意見を持つ人は必ず湧《わ》いてくるっていうしな。

「ずっと、ずっとみんなに嘘《うそ》ついてきた。素の自分を知られるのが、こわかった。でも、受け入れてもらえた。うれしい……」

「そっか。よかったじゃあないか」

「うん……！」

まあ、いろいろあって大変だったけど、妹が最後には笑ってくれたからよかったな。

☆

「ところでお兄ちゃん、マネージャーさんから相談受けたんだけど、うちでＶＴｕｂｅｒやらない？」

は？　え、お、俺がＶＴｕｂｅｒ⁉

「だってここまでバズったし、認知度も高いでしょ？　チャンネル開設したら絶対にのびるって！」

さっきまでの泣き顔から一転、わくわくしながら彼女が言う。

いや、いやいやいやいや！

「おまえそれはない。俺は平凡な男だぜ？　おまえと違って」

「でも、アタシの、いすずワインのお兄ちゃんでしょ？　今回の話題ともあいまって、絶対にたくさんの人から受け入れられるよ！」

「で、でも何もできないし……」

「兄妹Ｖで売ればいいのよ！　絶対いけるって！」

「いやいやいや無理無理無理！」

「大丈夫、アタシと一緒にＶＴｕｂｅｒやろうよ！　そんで、パパを楽させてあげよう！」

そ、そうか……！

ふたりでＶやれば、収入も倍になる。親父の負担が減る……！

それは魅力的だな……。

ここが、運命の分かれ道だと、俺は感じた。

目の前には二つの道がある。

このまま、家族に甘え、妹だけに働かせて、俺だけのうのうと学生生活を送るのか……。

それとも妹とともに、家族のために力を尽くすのか……。

「そんなの、選ぶまでもない」

クスミに振られ、傷心の俺を、家族は優しく慰めてくれた。

でもそれより以前から、見えないところで、俺は家族に支えられていたのだ。

親父も、いすずも、家族のために頑張ってる。俺だって……！

「わかった、わかったよ。やってみるよ」

「やったー！　じゃあマネージャーに連絡するねー！　一緒に頑張ろう！」

かくして俺は、Vデビューすることになった。

できるかだいぶ不安だけど、やるんだ。

そんで、金を稼いで、親父といすずに、今まで頼り切りだった分、楽させてやるんだぜ！

配信切り抜き①

ワインたんの生い立ちに涙【雑談配信／いすずワイン】

こんばんワイン、いすずワインだよ。って、キャラが変わりすぎてみんなびっくりしてるか……そうだよね。みんな、昨日の配信見た？ 生配信は見てないって人も、切り抜きやアーカイブ動画で見かけた人も多いと思うの。
うん、あれがね、いすずワインの素なんだ。ごめんね、今までたくさんひどいこと言って。

《ええんやで》
《ワインたん以外もキャラ作ってるVいるもんな》

そもそもなんであのメスガキみたいなキャラ作ってたかなんだけど、そのほうがウケるかなって思ったんだ。いすずはね、昨日の配信でも言ったけど、引きこもりで学校行けてないの。リアルのいすずね、小さい頃からいじめられてたことがあって、外とつながることがね、怖かったの。

《いじめ?》
《ハーフだからね》
《でも日本語ぺらぺーらですね》
《お母さんが日本人っていってたやん》
《あと親父《おやじ》も帰化したロシア人なんやろ?》

うん、日本生まれ、日本育ちだから、日本語はしゃべれるんだ。逆にロシア語はあんましだけど……。それでね、お母さんが結構早くに死んじゃってさ、すごくショックで、引きこもっちゃって……。周りからは外国人って目で見られるし、だから、外が怖くて……仕方ないんだ。

《辛《つら》い過去があったんやな》
《よく今まで頑張ってこれたね》

LIVE

それはね！　お兄ちゃんがいたからなんだ！　いすずがちっちゃいときから、
ずうっとそばにいて、支えてくれたの！　さみしいときは一緒に寝てくれたし、
いすずが泣くとね、一秒で飛んできて慰めてくれるの！

《兄貴の株が上がりまくる件》
《ええ兄貴やん》
《ワインの兄貴やな》
《なんそれ？》
《ワインたんの兄貴、だからワインの兄貴》

そうなの、お兄ちゃんはね、ほんっとうに頼りになる、すっごい人なんだ！
……でもね、いすず思ったんだ。今のままでは、駄目だって。

《なんかきっかけあったん？》

うん、お兄ちゃんに好きな人ができたんだ。お兄ちゃん大好きないすずからしたら、辛いことだけどお兄ちゃんが幸せになれるならって我慢したんだ。

《ええブラコンやん》
《兄貴は羨《うらや》ましいな、こんな可愛《かわい》くてけなげな妹がいて》

でもね、お兄ちゃん好きな人に告れないでいたの。どうしてって聞いたら、カノジョ作ってる余裕がないって。……それでね、いすず気づいたの。お兄ちゃんの人生をね、束縛してるんじゃないかって。いすずがいるせいで、お兄ちゃんは自分のしたいことができないでいるって。お兄ちゃん、勉強も家のバイトも、そして、いすずの面倒も、一生懸命やりすぎててさ……自分の時間ってほとんどなかったの。

《なるほど》
《脱お兄ちゃんのためにＶＴｕｂｅｒを？》

うん。お兄ちゃんが、自分の人生を歩めるように、いすずは、VTuberを始めたの。お兄ちゃんやパパの負担を、少しでも軽減できるように。

《こんなん泣きますやん》
《ワインの兄貴はほんま羨ましいわ》
《兄思いワインたん激ラブ》

でもいすず引きこもりだし、他人と目を合わせてしゃべれないから、どうしようって思ってたら、ちょうどユーチューブの切り抜きで、VTuberさんを知ったの。そうか、面と向かってじゃなくて、ガワをかぶって、画面の向こうの人たちを楽しませるんだったら、できそうだって。

《ワインたんが爆誕したわけだ》
《ワイらを楽しませるために、キャラ作ってくれてたんやな》
《ありがとう、ワインたん！》
《しかも頑張ってたのが家族のためっていうね》

《健気《けなげ》や、ほんまスコ》

ありがとう。それと……みんな、ありがとう。いすずの素を、否定しないでくれて。正直、いすずは自分のことあんま好きじゃないから、引きこもりだし、コミュ障だし……。だから、そのままの自分じゃ駄目だって思って、ワインの仮面をかぶったんだ。

《仮面か、言い得て妙やな》
《その仮面を兄貴が破壊したと》

うん、そうなの。お兄ちゃんが仮面を破壊してくれた。素でしゃべるきっかけをくれたんだ。だから、いすずはお兄ちゃんのこと、今まで以上に、好きになったの……！

《結局のろけで草》
《ええやん、実兄なんだし》
《ワイらは一層ワインたん応援するで》

#2 兄妹で謝罪配信するはずが何故か事故る

そういや今日からテスト休み。終業式前の、つかの間のお休みだ。

ここは『喫茶あるくま』。

親父《おやじ》が経営する、小さな喫茶店である。

俺はエプロンを着けて、客である彼女と話していた。

「え、じゃあやっぱり、そーちゃん付き合ってなかったの、木曽川《きそがわ》さんと」

「ああ、そうだったんだよ……詩子《うたこ》」

アイスコーヒーを飲んでいるのは、俺のクラスメイトにして、幼馴染の少女。

名前を、上松《あげまつ》詩子という。

小柄で、茶色がかった髪の毛をサイドテールにしている。

詩子の家は駅から少し離れるも、ご近所さんであり、小さい頃から交流がある。

彼女とは中高と同じ学校に通っている。

ちなみに、詩子の兄貴も確か俺たちと同じ学校に通っていて、しかも現役《げんえき》ラノベ作家なのだ。

「まじで？　じゃあ今まで勝手に、付き合ってるって勘違いしてたってこと？」

「はい……」

「それに気づかないって……あほなの、そーちゃん？」

「うるせえ……馬鹿《ばか》にしにきたなら帰れよ」

「客に帰れっていうなんて、駄目な店員さんだね、そーちゃんは」

俺はまだ高校一年生の一六歳だが、この喫茶店で働いている。

俺らの通う学校は、別にバイトＯＫだけど、喫茶店での仕事は家の手伝いみたいなもんだから、バイト代なんて出ない。

「おまえ部活は？」

「今日はもう部活終わり」

詩子はバスケ部に所属してる。

うちはスポーツの名門校で、そこで詩子はレギュラーに入ってたりする。

「んじゃまっすぐ帰れよ」

「うん。でも、聞きたいことがあったからさ」

「聞きたいこと？　なんだよ」

詩子はスマホをいじって、俺に渡してくる。

動画配信サイトが開かれていた。こないだの配信のサムネイルが映っている。

「あたしも迂闊《うかつ》だなー。いすずちゃん、いすずワインだったんだね。……これ、そーちゃんでしょ？」

「え!?　あ、いや……ど、どう……かなぁ？」

「嘘下手すぎない？」

「うるせえよ……。なんで俺って気づいたんだよ」

「いすずワインのゲーム放送、アーカイブの切り抜き動画みたからね」

最近ではＶＴｕｂｅｒの配信の一部を、切り取った動画というものがある。

どうしても、ゲーム配信だと長い時間をとられてしまうからな。

配信中の面白《おもしろ》い部分だけを抽出した動画っていうのが求められ、切り抜きが作られるのである。

「動画見て俺ってどうやって特定したんだ？」

「声」

「は？　声？」

「うん。そーちゃんの声だって、すぐ気づいたよ。そーちゃん声、昔から良かったからね」

そう……だろうか。

自分の声なんて、わからないからな。自分じゃ。

「……まあ、それと、好きな人の声だから」

「え？　なんだって？」

「なんでもないよ、鈍感そーちゃん」

ぷいっ、と詩子がそっぽを向いてしまう。

こいつ外だと結構社交的で、ツラもいいから、隠れファン多いんだ。

でもたまに怒ったり、辛辣《しんらつ》なこと言ったりと、俺にだけあたりが強いときがあるんだよ。

「ま、ほかの人たちは木曽川さんの名前と、木曽川さんに振られたってことから、そーちゃんがワインの兄貴だって気づいたみたいだけど」

「は⁉　な、なんで俺が振られたこと、クラスメイト知ってるんだよ？」

「女子のクラスラインに流れてるよ。あんたが振られたって」

「誰が流しやがった⁉」

「木曽川さん本人」

ライン画面を、詩子が俺に見せてくる。

俺の所属する、一―Aの女子クラスラインには……確かに。

【きもおたに告られたｗ　あいつ付き合ってるって勘違いしてたらしいｗ　秒で振ったｗ】

ちなみに投稿したのは、俺を振った直後だった。

「……人の心、ないんか？」

「ないんじゃない。ごしゅーしょーさま」

ぽんぽん、と詩子が俺の肩を叩《たた》いてくれる。

いいやつだな、こいつ……。それに比べてクスミのやつめ……！

「こんなひどいやつだとなんで気づかなかったん？」

「なんででしょうねえ……」

「恋は盲目っていうけど、それかな」

そうかもしれん……。付き合ってる頃は、クスミの欠点なんて一つも見えなかった。

「女子ラインからこの情報が漏洩《ろうえい》して、昨日の配信で木曽川さんの名前が出て、であんたがワインの兄貴だって、もうだいたいの人が気づいてるみたいだね」

「あー……そういや、木曽川の名前出したの、俺じゃん……」

「ま、事故でしょ。だって配信切り忘れてるって気づいてなかったんでしょ？」

「いや、故意じゃなくても、駄目だろ……」

確かにクスミはひでえやつだし、ひどいことされたけども。

だからって……ネットに実名さらすのはなぁ……。

「ふーん……そーちゃんって優しいね。自分を裏切った女のことなんて気にしなきゃいいんだよ。いい気味じゃん、ひどい目にあったんでしょ？」

「そりゃ……まあ。たかられたり、急に呼び出しとか、買い物付き合わされたりとかしたけど」

「じゃいーじゃん。天罰だよ天罰。神様は悪い事したクズ女にてんちゅーを食らわせたんだ。だから、あんたが気に病むことないって、ね？」

詩子が外の夏空のような、からっとした笑みを浮かべる。

そのきれいな笑顔を見ていると、沈んでいたこころが少しだけ、上向きになれた。

「あんがと。……そうだよな、気にしちゃ駄目だな。あんな女のこと」

「そうそう！　忘れちゃいなよ。てゆーか、あんたほかのこと考えなきゃでしょ」

「ほかのことって？」

「ワインの兄貴だって、学校中にバレたってことのほうが問題でしょ」

「そ、そうでしたね……」

詩子にスマホを返すと、彼女は画面をいじりながら言う。

「こないだの配信、今めっちゃバズってる。切り抜き動画もめちゃくちゃ作られてるし、いすずワインに兄貴が居たってこと、若い子ならみーんな知ってるよ。で、うちの学校では、あんたすごい有名人になってる」

な、なるほどなぁ……。

「しばらくお祭り騒ぎね。学校行ったら、質問責めでやばいよ。なにせ、有名ＶＴｕｂｅｒのお兄様なんだから、いすずワインとお近づきになりたい男子からちょー絡《から》まれることになるわ。覚悟しておくことね」

なるほど確かにいすずは世界一の超絶美姫だ。全人類の男どもがほっとかないだろう。その彼女と近づける、足がかりとして、俺に接触しようという気持ちもわからんくもない……が。

「めんどくせえ……学校いきたくねえ……」

「まあせめてものの救いは、もうすぐ夏休みってことね」

「そ、そっか。そうだよな。人の噂《うわさ》も七十五日って言うし、休み明けには、もう別の話題に変わってるよな！」

「それはないね」

「即答⁉」

「いすずワインって超人気Vだし。当分この話題続くと思うよ。そもそも夏休み四〇日しかないし」

「……学校やめてえ」

「そしたら、有勝《アルウィン》お父さん……悲しむよ？」

有勝とは、俺の親父。塩尻《しおじり》・サンプロ・有勝。

元ロシア人だったが、日本に帰化していて、今の名前になった。

うちの家庭事情は、かなり特殊だ。俺は親父、そしていすずと血が繋《つな》がっていない。

けれど親父は、俺を本当の息子のように思ってくれている。育ててくれている。

うちが借金してて、学校に通わせる余裕なんてないのに、学費は気にするな、なんて普通に言ってくる人なんだ、親父は。

俺は、そんな親父が大好きだ。

親父を悲しませるようなことは、できない。

「有勝さんのために、学校はちゃんと通わないとね」

「……だな」

と、そのときだった。

自動ドアが開くと……そこには、黒スーツに、サングラスの大男が突如として現れたのだ。

「なにあれ？　ターミネーター？」

まさに未来からきた殺人ロボットといわれても、全然違和感ない巨漢が、きょろきょろと周囲を見渡してる。

ふと、俺のほうを見て、ずんずんと近づいてくるではないか。

「に、逃げようそーちゃん！　殺されちゃうよ！　ターミネーターに！」

「い、いや逃げるってどこに………？」

その男は俺の前で立ち止まると、尋ねてきた。

「塩尻聡太《そうた》様ですね？」

「あ、はい……」

すっ、と男は懐《ふところ》に手を突っ込む。

取り出したのは名刺だった。

「あっしは『812プロダクション』の社長の使いです。塩尻様をお迎えに上がりました」

「はちじゅーに、プロダクション……?」

なんか、どっかで聞いたことある名前だ……。

すると詩子が慌てた調子で言う。

「812プロって、最大手のVTuber事務所だよ！　いすずワインも所属している！」

「！　そうか、いすずの入ってる事務所か！　でも……妹じゃなくて、俺に……なんのようです?」

俺が名刺を受け取ると、大男は言う。

「いすずワイン様より聞いておられませんか??　VTuberの件で、打ち合わせしたいから、本日お迎えに上がると」

「あ、いや……聞いてない……」

「そうですか。それは失礼いたしました。これから本日お時間ありますか?」

この人見た目いかついけど、言葉遣いも丁寧だし、そんなに怖い人じゃあないかも……。

「あ、えっと……シフトが終わったら、いいですけど」

「では、外で待っておりますので、お仕事終えられましたらお声がけください」

ぺこりと頭を下げると、大男は去って行った。

名刺には、贄川《にえかわ》と書いてあった。さっきの男の名前だろうか。

呆然《ぼうぜん》としてると、詩子が目を輝かせながら言う。

「すごいよそーちゃん。８１２プロって最大手じゃん！　そっからスカウト受けたの！」

「いやスカウトっていうか、妹経由で打診があったんだよ。どうせなら知名度を利用して、ＶＴｕｂｅｒやらないかって」

配信事故があった日に、すぐ話が来たのだ。

俺はやる気だったのですぐ親父に相談し、とりあえず話聞いて見る的な流れになったのだ。

「すごい、すごいよ。前代未聞《ぜんだいみもん》だよ！　でもね、８１２プロに所属してるライバーさんって、全員女の子なんだよ。大丈夫なの？」

「は……？　ぜ、全員女⁉」

「うん。あそこの事務所って、女子しか取らないって有名じゃん」

え……？　つ、つまり……。

所属するＶＴｕｂｅｒ事務所で男って……俺だけ⁉　周り全員女ぁ⁉

☆

俺はＶＴｕｂｅｒとなるため、最大手事務所８１２プロダクションへとやってきた。

ちなみに、『８１２』と書いて『はち・じゅうに』と呼ぶらしい。

『はち・いち・にー』じゃないとのこと。

「とんでもねえとこ来ちまったな……」

店に現れた謎《なぞ》の大男につれられ、やってきたのは都内にある、すんげえ立派なビルだ。

そのお隣にはＴＡＫＡＮＡＷＡビルという、くっそでかいビルがあった。

その出版社と同じくらいの、立派なビル。それが８１２プロの社屋らしい。

俺は贅川さんとともにビルの中に入る。エレベーターに乗ろうとした、そのときだ。

「すみませーん！　乗せてくださーい！」

ぱたぱた、と小さな子がこちらに向かって走ってきた。

小学生くらいだろうか。ちっこい、ぺったん、そして……巻き毛の金髪。

金髪小学生がエレベーターに乗ろうとしていた。

俺は「開く」のボタンを押してあげる。

「ふぅふぅ……ありがとうございます」

「おう。何階に行きたいんだ？」

女の子が俺を見て目をむいてる。「……アタシのこと知らないのかしら」とつぶやいてた。

「どうした？」

「ううん、何でもないで……ないわ。十二階を押してちょうだい」

「それなら大丈夫だ。俺たちも十二階で降りるから」

ドアが閉まる。

女の子が、俺の真横にぴったりとくっついてる。

「な、なに……？」

「あなた……ここに何の用できたの？」

「ちょっと、用事」

まさかＶＴｕｂｅｒになりにきました、なんて言っても通じないだろう。

言う必要もないわけだし。

「君こそ、小学生が何の用だい？」

「小学生？　アタシはこーみえても、中三よ、中三」

「え⁉　ちゅ、中学生……？　マジか……」

なんだ小学生じゃないのか。ううん、最近の中学生ってこんな美人なんだな。

あ、妹も美人じゃゃん。じゃあ最近の中学生は美人だな（確信）。

俺のことを、中学三年生ちゃんは、じーっと見つめたあとに、ぽつりとつぶやく。

「ふーん……ね、あなたもしかして、アタシのこと知らない？」

「知らないよ」

「知らないですって！　あなた……テレビみないの？」

「ああ、見ないよ。もっぱらスマホばっか見てる」

「現代っ子ね」

「いやそれ君もだろ」

ふむ……と金髪ロリはうなずく。その表情はどこかうれしそうだった。

「アタシに対して、そんな失礼な態度とるなんて。面白い人ね。気に入ったわ」

「ず、随分と上から目線のちびっ子だなぁ……」

「ちびっ子じゃあないわ。アタシはアルク。天竜川《てんりゅうがわ》アルクよ」

「てんりゅうがわ……あれ？　なんか、どっかで聞いたことあるような……」

具体的には、うちの学校で……。

確か理事長が……いいや、まさかな。

「聞いたことあるに決まってるでしょ。知らないの、あなたくらいよ」

「そっかー。でもなぁ、うーん、すまん。やっぱ知らないわ」

「教養のない男《ひと》ねぇ」

「ほっとけ」

どうもこの天竜川アルクちゃんは、俺との会話を楽しんでいるようだ。

入ってきたときは、一瞬敬語だったけど、その後から普通にタメ語で話してる。

話してるだけなのに、どんどんと笑顔になっていた。

「なんかうれしいことでもあったのか？」

「ええ、久々に、アタシのこと知らない面白い人に出会えたからね。貴重なのよ、あなた」

そんなふうに雑談してると、十二階に到着する。俺と金髪ロリ……アルクが自動ドアをくぐる。

背後で黙っていた大男、贄川さんが俺を見て言う。

「社長がお待ちです。こちらについてきてください」

「あら、あんたも社長に呼ばれてるの？　ワインの兄貴さん？」

…………え？

今……この子、何って言った？

「とぼけても無駄。絶対音感を持つ天才ピアニストの耳には、ごまかしなんて通用しないんだから」

「ピアニスト……絶対音感だと？」

「そ。だからあんたの声聞いて、すぐわかったわ。こないだの配信で、一躍時の人になった……いすずワインの兄貴だってね」

しまった……全然知らない人に、リアル割れしちまった……！

「あ、でも安心して。別に言いふらす気ないわよ。同僚になるんだからね、あんた」

「は、はあ……言いふらさないのは助かるよ」

……ん？　同僚？

☆

やってきたのは、社長室だ。俺とアルクが部屋に通される。

「よく来たね、二人とも」

窓際《まどぎわ》に座っているのは、鋭い眼光の女だ。

びしっとスーツを着込み、長くウェーブの効いた黒髪。

男のようにハンサムな顔つき。だがその大きな胸が、女性であることを証明している。

俺と目を合わせると、彼女がフフッと微笑《ほほえ》んだ。あ、そんなに怖い人じゃあないかも。

「私は８１２プロダクションの社長、贄川零美《れいみ》だ」

「贄川……あれ、案内してくれた彼と、同じ名字なんですが」

「ああ、私の息子だ」

「は、はあ……って！　息子ぉ……！」

贄川社長は、どう見ても二〇代の美人さんだ。

だけどあの人の母親となると……三〇……いや、四〇近くいってるはず。

こんな美人が、四〇⁉　女子大生でも通用するぞ！

「突然筋肉だるまが来て驚いただろう。すまなかったね。ああ、次郎太。君はもう下がっていいよ」

俺を連れてきたゴツい贄川さんは、ペコッと頭を下げて出て行った。

後には俺、アルク、そして……贄川社長の三人が残された。

「レーミさん、この人でしょ、いすずワインの兄貴って」

「そのとおり。他言無用で頼むよ、アルク・くまくまくん？」

ん？　んん⁉　い、今なんか……すごい聞いたことある名前が聞こえたぞ⁉

「あ、アルク……。アルク・くまくまっつったか、おまえ？」

「ええ。ふふっ、今頃《いまごろ》気づいたの？」

「812プロのトップVで、四天王のひとりじゃねえか！」

俺はVTuberにそこまで詳しいわけじゃない。

けれどそんな俺でも、VTuber四天王は知ってる。

四天王。それはVがまだ世間に浸透してなかった頃……。

とてつもない人気で、Vという文化を創り上げた、四人の配信者たちのことだ。

そのひとりが、812プロに所属しているアルク・くまくま。

「お初にお目にかかるわ、アタシはアルク・くまくま。いちおう、この事務所の顔よ」

「ま、まじかよ……アルク・くまくまが、こんな金髪ロリ……」

てか俺……そんなすごい人だと知らずに、生意気な口聞いちゃったってこと⁉

大先輩に向かって、俺はなんて生意気な口を！

「す、すまん……じゃなくて、すみませんでした……先ほどは大変失礼を……」

「気にしないで。それに呼び捨てにしていいわ。それに敬語も不要よ」

「え、ええ……なんで？」

アルク・くまくま……こと、アルクは、ちょっと頬《ほお》を赤くして言う。

「アタシに、普通に接してくれたから」

「え、そんだけ？」

「ええ。アタシ、世間だと天才ピアニストで、しかも天才配信者とか言われてるの。普通の人たちからすれば近寄りがたい存在らしくて」

アルクはどこかさみしそうにそうつぶやいた。この歳で、自分がどう見えてるか客観視できてるなんて、大人びた子だなぁ……。

「事務所の子たちも萎縮しちゃうの。だから……あんたみたいに、普通に接してくれるやつが、新鮮で。だから……その、これからも仲良くしてほしいわ」

すっ、とアルクが手を伸ばしてくる。

「改めて、アルク・くまくまこと、天竜川アルク」

「は、はあ……ええっと、塩尻聡太、です？」

「ソータね。ソータ、よろしくね。あと、敬語はいらないってば」

しかし……俺、初日からとんでもないことしでかしてないか!?

事務所の大先輩に、なんか知らないが気に入られてるし……。

「はは、すごいな聡太くん」

「あ、贄川社長……すみません。私語慎みます」

「かまわないよ。それと私のことは零美でいい。贄川って名字は可愛《かわい》くなくて、少し苦手なんだ」

「は、はあ……じゃあ、零美、さん？」

こんなきれいな人を下の名前で呼ぶなんてドキドキするな……。

「てか、すごいってなんでしょう？」

「ん？　アルクくんと秒で仲良くなってるところだよ」

「ええと、それのどこが？」

「超人気Vを前に臆することもなく、平然と付き合って、友達になるところが、だよ。やはり私の目に狂いはなかった」

いやそれは、単にこいつがそんなすげえやつって知らなかったからなんだが……。

「ところで聡太くん。君に確かめたいことがある」

「確かめたいこと？」

な、なんだろう……。

「まあそう身構えるな。大した事したいわけじゃあない」

「あ、そっすか……」

「ああ、社長面接だ」

「大したことじゃねえか！」

え、社長面接⁉　どういうことだよ！

するとアルクが肩をすくめる。

「面接するのは当たり前でしょ。アタシたちのやることは、お仕事なんだから」

「あ……」

そ、そっか。仕事……だよな。いろいろあって頭から抜けてたよ。

そうだよな、仕事をしていく以上、雇う人間の人となりを確かめておかないとだよな。

……しかし面接か。大丈夫かな。俺初めてだけど。こういうのって、いろいろ聞かれるんだろう？

学業との両立については絶対に聞かれるよな。奨学金もらってるけど、Vをできるのかと。

できるか？　いや、できる。やる。家族の、妹のためなら、兄ちゃんは頑張れちゃうぜ！

「面接を始めてもいいかい？」

「はい！」

零美さんは微笑みながら、しかしまっすぐ俺の目を見てくる。

「君は気づいていないようだけど、君にはVとしての大きな才能がある」

さ、才能……？　そんなもんあるんだろうか……？

「しかし大いなる才能も使い手次第で、ゴミになる。だから君に覚悟を問おう、塩尻聡太くん。今の世の中、金を得る手段はほかにもあるのに、どうして、Vをやるんだい？」

零美さんからプレッシャーを感じる。本気なんだ。そりゃ、そうか。彼女は企業の社長だ。人を雇い、養っていく責任がある。そんな立場の人なんだから、中途半端《ちゅうとはんぱ》な覚悟を持った人間を雇うわけにはいかないんだろう。

言外に言いたいのだ、Vをやる覚悟のない人間は、この場を去っていいと。

「…………」

どうして、Vをやるのか……か。この人に嘘《うそ》偽りは通じないだろう。

「うちは……店やってます」

「うん、聞いたことあるよ」

そうか、いすずが812に所属するときに、話してるから知ってるのか。

なら話は早いだろう。

「親父……父は店を作るときに、だいぶ借金してて、今も返し終えていません」

「ふむ……つまり君は金のためにやりたいと？」

少し、零美さんの瞳《ひとみ》に失望の色が見える。

「そうだけど、そうじゃあないんです」

「？」

「……金がないからって、妹にだけ働かせてるって状況が、ずっと悔しくて仕方なかったんです」

妹は中三だ。中学生だぜ？　世間一般で中学生といえば、勉強に遊びにと、楽しくて仕方ない時期なんだ。

……そんな時期に、妹は働いてる。俺は普通に学校に通ってるのに。それが、どうしようもなく嫌だったんだ。

妹の選択と、覚悟を否定する気はないけどな。

「そんなとき目の前にチャンスが転がって来たんです。妹と並び立って、家族を支えるチャンスが」

ほかの仕事もなるほど、あるだろう。でも俺はただ金が欲しいんじゃない。

「同じＶＴｕｂｅｒって立場になれば、妹の苦労を、一緒に分《わ》かち合えるかなって、思ったんです」

やはり同じ立場じゃないと、その仕事の苦労はわかってやれない。その言葉が届くことはない。

だから、俺はVTuberになりたい。同じ目線に立って、頑張る妹を応援してやりたい。

「俺は家族のために、VTuberになりたいんです」

さっき覚悟を問われたとき、俺の頭の中にあったのは、親父といすずの笑顔だった。

結局のところ、その二人のために何かしたかったってだけなんだ。

大企業の面接なのだ。かっこいい言葉で、うまく表現できたほうがいいとは思うんだけど……。嘘言っても、無駄だと思ったのだ。

「そうか……家族のために金を稼ぎたいのではなく、家族のためにVTuberになりたいのか」

にっ、と零美さんは笑うと立ち上がる。

「改めて、歓迎するよ、ワインの兄貴くん」

「！　それってつまり……」

「ああ。受け取ったよ、君の強い思い」

合格ってことか……よ、よかったぁ～……。面接って初めてだったから、すげえ緊張したよ。

「ど、どうも……。で、でもその、ワインの兄貴ってやめません？」

なんかすごいはずい……。

「それは無理だな。これが君の、VTuberとしての名前となるからね」

「はぁ⁉　わ、ワインの兄貴が……ですか⁉」

「うむ。せっかくSNS上でバズりまくったんだ。これを使わない手はないよ」

「い、いやでも……もっといい名前が……」

「すまないが決定だ。君はいすずワインの兄、兄系VTuber、ワインの兄貴！」

微笑んでいるが、その目はまっすぐに俺を見ている。

目の奥には、固い意志が見て取れた。

「諦《あきら》めなさい、ソータ。レーミさん、頑固だから。アタシのときもそうだったし」

アルクが苦笑しながら言う。

「アタシがピアノとV両立できるか、不安がってるところに、『大丈夫！　君ならできる！じゃあもう告知するな』で、進めちゃうんだもの」

ううむ、この人俺以外にもこんな感じなのか……。まあ別にいいけどさ。

「わ、わかりました……ワインの兄貴として、頑張ります」

よろしい、と彼女が微笑む。

「細かい契約とか諸々《もろもろ》の話は、あとでマネージャーから説明を受けてもらうとして……さっそく次の話をしようか」

「次？」

「コラボ配信だよ、コラボ」

「コラボ……って、誰とですか？　いすずと？」

にこー、とアルクが笑って言う。

「四天王のひとり、アルク・くまくまとのコラボ配信よ」

「は、え、ええええ⁉　なんで初っぱなから事務所Ｎｏ．１とコラボすることになるんだよ！」

☆

零美さんとの面接後、マネージャーになる人から、これからの説明が書かれた書類をもらった。

帰り際に「保護者の同意もらっといておくれ」と零美さんに言われ、その日は解散となった。

保護者の同意……そうだよな。これは仕事、しかも俺は未成年だ。保護者がＯＫしてくれなきゃ、そもそもやっちゃいけないことである。

親父は……ＯＫしてくれるかな。

そんな不安を抱えながらも、零美さんの息子に家まで送ってもらった。

「ただいま～」

「おにーちゃーん！」

いすずが笑顔でこちらに突っ込んできた。ぽすっとお腹《なか》に抱きついて、笑顔で聞いてくる。

「デビュー決まった？　いつ？　いつなのっ？」

どうやら妹のなかで、俺がＶＴｕｂｅｒやることは確定事項のようだ。会社でＮＧ出されたらどうしてたんだろうか……。

「面接どうだった？　とか聞かないの？」

「うん！　だってお兄ちゃんはすごい人だし、絶対合格するって確信してたもん！」

「そ、そう……」

いすず、社会は自分の思い通りいかないことのほうが多いんだよ……。なんて言うのは野暮《やぼ》か。兄の成功を喜んでくれてるんだしな。

「あらん、そーきゅん、おかえり〜」

「親父」

ちょうど喫茶店の仕事が一段落したのか、俺の元へ、親父がやってきた。

……そうだ、聞いとかないと。俺が、Ｖやっていいかって。

「なあ、親父。俺、今日事務所行って、面接してきた」

「ふうん。それで？」

「俺、ＶＴｕｂｅｒやりたい。やっても……いいかな？」

すると親父は、普段とちがった、真面目《まじめ》な顔になる。妹も驚くほどだ。

「そう急ぐこともないでしょう？　あなたはまだ高校生。今そんなふうに、すぐ決断しなくてもいいんじゃあない？　……時間をかけて、やりたいことをいろいろ模索してもいいのよ？」

反対、してる？　いやちがうな。なんか、そういうんじゃあない。

俺のこと心配してくれてるんだ、多分。

ほんと、いすずと同じで、優しい人だ。俺は……親父の息子で良かった。

「ありがとう。でも……俺は今、やってみたいんだ。ＶＴｕｂｅｒ」

零美さんのところで語ったとおり、俺は家族のために、Ｖをやりたい。それは嘘じゃあない。

「……そう。わかった。なら、好きになさい」

シリアスな顔から一転して、親父が優しく微笑んでくれた。あ、あれ？

「い、いいの？　反対しないの？」

「するわけないいないわん。息子が、自分の意思で、やりたいって言ったことですもの」

「親父……」

「やりたいことを自由にやりなさい。こっちのことは気にしなくていい。あなたの人生だから」

……親父は、息子の意志を尊重してくれるようだ。いい人すぎんだろ！

「それに、駄目そうだったらすぐやめればいいわん」

「え、いいの？」

「ええ。そうね、夏休みの間だけとかお試しでやってみて、いけそうなら続ければいい。駄目そうなら、さっさと無理ですって言ってみたら？」

「いや……さすがに無責任じゃあ？」

「そうかしら？　812の社長さんも経営者だもの。一つの計画が駄目ならじゃあ次に、ってすぐ切り替えると思う。それに素人《しろうと》ですもの、そーきゅん失敗することも念頭にあるんじゃあないの？」

た、確かに。上手《うま》くいかなかったときのことは考えてそう。

さすが親父、店を経営してるだけある。

「やるだけやってみて、駄目ならそれでいいじゃあない。大丈夫よん」

親父は微笑むと、俺の頭を優しくなでながら言う。

「もし失敗しても、家族はあなたを笑わないわ」

いすずも同じ意見なのか、笑顔で何度もうなずいた。

……俺は、どうやらテンパってたようだ。そうだよ、やる気と適性は別物だ。零美さんを否定するわけじゃあないけど、俺は素人、失敗する確率のほうが大きい。

俺が家族のために全力でがんばる！　って意気込んで、でも失敗したら……多分結構ダメージ大きかっただろう。

親父の言葉を聞いて、ほっとした。だめでも家族が、優しく受け止めてくれる……。

「がんばって、そーきゅん♡　応援するわん♡」

「ああ、サンキュー……親父！」

☆

「怒濤《どとう》の一日だった……」

夕飯の後、俺は台所に立って皿洗いをしている。

妹はリビングのテーブル前に座って、タブレットを操作している。

「お兄ちゃんっ♡　やばいよやばいよ～♡」

「やばいって割にうれしそうだなおまえ」

妹は風呂《ふろ》上がりでキャミにスカートという格好。

外でこんな格好していたら、飢えた男《やじゅう》どもの餌食《えじき》になってしまうだろう。なにせ天使だからな、見た目が。

「見てみて！　いすずのチャンネル登録者数！」

「確か元々一〇〇万だったのが、こないだの配信事故で一二五万になったんだろ？」

「それはもう遅～い。じゃーん！」

ばっ、と妹が笑顔で、タブレットを見せてくる。

「なんと今、一五〇万人！　二日で五〇万人増！」

1,500,000

「おーやるじゃん！　いすずはすごいなぁ！　……で、それってどれくらいすごいことなん？」

ずこっ、といすずがよろける。とりあえずほめてしまう兄貴の性分よ。

「当たり前だよっ。あたし、デビューして半年だよ？　最初の週とかはぐぐっと伸びるけど、時が経《た》つと増加数は減るの」

「そーゆーもんなん？」

「そう。特に今は娯楽が多いし、ＳＮＳが発達してるから、話題がすぐに移り変わっちゃう。デビューしてすぐに登録者数は落ち着くもの、増えるなんてほとんどない」

けれど、増えたってことは、すごいことなのか。

「やっぱりいすずはスゲえな」

「何言ってるの！　すごいのはお兄ちゃんだよっ」

「俺？」

「そう！　昨日のアーカイブのコメントね、ほとんどが『ワインの兄貴まだ？』とか『兄貴またあいたい！』って、お兄ちゃんを求める声なんだよ！」

いすずがタブレットのコメ欄を見て、「ぬへへ～♡」とだらしない顔になる。

「なんかうれしそうだな」

「うん！　やっと世間が、お兄ちゃんが素敵で優しい人だって、認めてくれたってことだし～♡」

「いややっとって……俺何もしてないし。素敵で優しくもねえよ」

「そんなことありませーん。こうして引きこもりのだめ妹のこと、怒らず否定せず面倒みてくれるし、おいしいご飯毎日作ってくれるしっ♡」

「へっ……よせやい。ほめたって何も出ないぜ？　あ、冷蔵庫に竹風堂《ちくふうどう》の栗ようかん入ってるぜ？」

「やたー♡　竹風堂の栗よーかん大好き～♡　二番目に～♡」

「一番は？」

「お兄ちゃんにきまってらーい♡」

ったく、可愛い妹だぜ。

冷蔵庫に冷やしてある栗ようかんを、いすずが取り出す。

切ってやろうとする前に、一本まるごと、いすずがかじり出す。

外に一切《いっさい》出ないのに、不思議と太らないいんだよな。まあ天使だからね。

「この調子なら812プロのトップ目指せる！　打倒アルク・くまくま！」

ふすふす、と鼻息荒くする妹。

「対抗意識燃やしてるのな」

「そりゃ、そうでしょ。有名になればそれだけ、ギャラも増える。トップになればなおのことね」

……トップ、か。愛《いと》しの妹が上を目指す理由は、ただ一つ。

我が家の家計を、楽にしたいから。

うちは父子家庭なうえ、飲食店を営業している。

親父だけに負担をかけるわけにはいかない。

だからいすずは、いすずなりに、家族を支えるために頑張ってるんだ。ほんと頑張り屋さんだ。

兄ちゃんはそんな妹が大好きなんだぜ！

「ああ。がんばれ、いすず」

「うんっ！　がんばるぜー！　ということで、さっそく今日の兄妹配信なんだけど～」

「待て待てちょっと待て、なんだ兄妹配信って」

「昨日世間をお騒がせしたから、ごめんなさいっていう、雑談配信の枠とってるんだ。そこにお兄ちゃんも出演するの。兄妹で謝罪みたいな」

「な、なるほど……しかし急だな」

「鉄は熱いうちに打て、だよお兄ちゃんっ。世間は今、お兄ちゃんを、ワインの兄貴を求めてるんだからっ！　需要があるのに供給量を増やさないなんて、ぐ……ぐの……こ、こけっこー！　だよ！」

「愚の骨頂？」

「そうそれ！」

我が妹は学校に通ってないので、少々教養が足りてないのである。

☆

あっという間に配信する時間になった。

俺はいすずの部屋にいる。ちゃぶ台の上には、古いノートPC。

外付けのウェブカメラがついている。以上、いすずの配信環境なり。

ふたり並んで、パソコンの前に座ってる。

妹が画面の設定をしていた。

俺はパソコンのことなんもわからないんだが……。まあ、だめならそんときゃそんときだな。

親父もああ言ってくれてたし。うん、とにかく一生懸命……行くぜ。

ちなみに俺のVデビューは、急遽《きゅうきょ》決まったので、まだ少し先になる、はずなのだが……。

「いすずさんよ」

「なぁにお兄ちゃん」

「画面に出てる、この葡萄《ぶどう》色の髪のイケメン男は、誰だい？」

「もちろん、お兄ちゃんのガワ。ワインの兄貴だよ」

……おかしい。ちょっと、おかしい。

「なんでこんなイラストあるの？」

「作ってもらったの！　ママに！」

「まま……？」

「いすずのイラストレーターさんね」

いすずワインのイラストは、有名な人が描いてくれたもの。

俺の絵も、同じ人が描いたものらしい。

「みさやママ仕事早くてさぁ」

「だれその人？」

「超人気イラストレーターみさやまこう！　ちょー可愛い女の子かくので有名なんだよ!!」

そういえばすんごい人気のラノベを担当してる人と、どこかで聞いたことあるな。

「いつの間に発注したんだ？」

「昨日の夜、プライベートで一緒にえぺしたときに、話したんだ。お兄ちゃんがデビューするって。そう言ったら描いてくれたの！」

えぺとは、妹がよくやるガンシューティングゲームのことだ。

「おまえ本職のイラストレーターさんの友達いるんだな」

「うん！　みさやま先生は同じ戦場をかける戦友だから！　頼んだら一日でやってくれた！」

それでこんなハイクオリティの絵を、一日で上げてくるなんて……。

ううむ、みさやまこう。すごいイラストレーターだな。

仕事のできる敏腕お姉さんって感じだろうか。今度お礼したいな。

「この絵を加工して、動けるようになったらデビュー配信ができるね！」

「でも今日は無理だろ？」

「もちろん、まだ準備できてないし、告知も打ってないしね。でも何もないよりは、絵があったほうが、親近感わくかなって戦略よ！」

「おお、いすずは知将だなぁ～」

「でっしょ～♡　えへへ～♡　ところでちしょーってなぁに？」

「さ、配信がんばろうぜ！」

あほな妹は可愛いが、妹が自分があほだと気づいてショックを受けるのだけは、避けたい。

「マイクは？」

「ヘッドセット壊れちゃったから、ウェブカメラに内蔵されてるマイク使う感じ。もっと近づいて」

カメラは一台。しかも集音範囲が狭いらしい。

俺たちはぴったり寄り添うように座る。ううむ……ジャージからのぞく、妹のキャミが、エロい。

「やん♡　えっちぃ～♡　妹の胸を見てよくじょーしてるんだぁ♡　お兄ちゃんのすけべー♡」

「何でうれしそうなんだよ……」

「お兄ちゃんにならいいんだもー…………あ」

ん？　あ？　……あってなんだ……？

「あ……えと、お兄ちゃん。ここで、その……悲しいお知らせがあります」

「なんだよ、悲しいお知らせって」

妹がパソコン画面を指さす。

画面にはいすずワインのアバターが映っていて……。

その真横に、ものすごい勢いでコメントが流れていた。

「妹よ、兄ちゃんデジャブ感じてるな」

「き、奇遇だねお兄ちゃん。いすずも……」

《やっとこっち気づいたw》
《いつまでいちゃついてるんだよw》

……はい、そうですね。つまり、配信スタートを、ミスってたわけですね。

だから、俺といすずとの会話が、ばっちり、聞かれてたわけです……。
こうして、俺にとっては非公式配信第二回目も、配信事故からスタートするのだった。

☆

どうやらパソコンセッティングしてるときに、すでに配信スタートしていたらしい。

《ワインの兄貴！　デビューおめ！》
《わい、知ってたで。兄貴はＶの者になるって！》
「や、やばいよぉお兄ちゃんっ。お漏《も》らししちゃった～」
「ばかおまえ！　お漏らしとか言うんじゃありませんっ！」
「ふぇーん……マネージャーに怒られるよ～」
《まじで誰ｗ》
《ワインたんかわヨ》
《正直くそガキキャラより、ポンコツ妹キャラのほうがいいまである》

「妹が可愛いのは全面的に同意するが、おまえらちょっと待ってくれ。とりあえず配信中止し、マネージャーさんに報告だ」

零美さんに面接のときに、覚悟を固めたつもりなのに、さっそくミスってしまった！

いすずにも迷惑かけちまったし、企業イメージも下げてしまう。くそ……！

《待て待てきるなｗ》

《こちとら四時間待ってるんだぞ！》

《一〇万人のおれらを見捨てる気か！》

ん？　一〇万……？　何言ってるんだ？

「お、お兄ちゃんっ。今、一〇万人！　同時接続してる人がいる！」

「どう……え、なに？」

「視聴者数！　今一〇万人が見てるのっ、あ、今十一万人になった！」

「どんだけ見てるの⁉」

《兄貴のやらかしっぷりみたいからなｗ》

《いやぁ、期待通りでうれしいわい》
《来たな、Ｖに、新たなる笑いの風が！》

し、しかもなんか好評……？　あ、あれ？　これでいいの？　と、そのときだ。
ぶぶっ、と俺のスマホにラインが入る。社長の零美さんからだった。
内容を確認して、ほぉ……とため息がもれた。どっと体から力が抜ける。

「お、お兄ちゃんどうしたの？　まさかクビ⁉　わーん、ごめんね～。いすずのせいだっ。いすずが……うわわわーん！」

《ワインたん兄貴関連だとポンコツになるなｗ》
《いい！　それがいい！》
《ずっと兄貴でてくれｗ》

俺はいすずの頭をなでながら、安心させるために笑う。
「落ち着け妹よ。社長はいいってさ。デビューすること言って大丈夫だって。むしろ、見てる数が多いから、配信切らずに続けろってよ」

《社長ぉ……！　男前すぎんだろ！》
《812プロの贄川社長は結構寛容な人だからな》
《こないだライバーがゲロっても別に怒られなかったみたいだし》

ゲロったってなんだ？　吐いたのか……？　こわ……。

いすずは泣き顔から一転、安堵《あんど》の息をついた。うん、良かった。兄ちゃんも安心ですわ。

「まあ、何はともあれ、これでやっと配信始められるな」

「そうだね……こほん。あー……うん。じゃ、配信はじめるから」

《ちょー楽しみにしてた！》
《すでにおもしれえｗ》
《兄貴ぃ！　待ってたよぉ！》

しかし盛り上がってるなコメント欄……。

ものすごい勢いで流れていくし……。

「こほん……あーあー……」

妹が発声練習してる。初めての兄妹コラボ配信だからな。緊張してるのかも……。

「あんたたちこんな夜遅くまで起きてるの？　明日平日だよ？　なにみんなニートなの？」

「まさかそのキャラ通すのおまえ⁉」

《ほんまそれｗ》
《ワインたんそれはもう無理あるよｗ》
《君のキャラばれてんぞ！》

ほらコメント欄からもめっちゃ突っ込み来てるし！
「は〜？　キャラなんて作ってません〜。アタシは普段からこういうキャラです〜」
「取り繕う必要ないって……。第一、おまえにああいうキャラは似合わないよ」
《こっちのほーが万倍いいよ！》
《わいは前のくそガキ感もスコよ》
「はー、うっさいうっさい。お兄ちゃんは口挟まないでよね、素人なんだからっ」

「はいはい、わかったよ。おまえのほうがプロ歴長いもんな」

「えへーー♡　うんっ、素直に聞いてくれてありがとぉ♡」

《すでにキャラ崩壊してますぜワインたんw》
《ほほえまw》

まあいいや、コメ欄でも好評だし……。好きなようにやらせよう。

「前回はマジごめん。配信切り忘れるとか、プロ失格だったわ。次からは気をつけるから、もう二度と配信事故起こらないようにする」

「おまえさっそく今日やらかしてないか？」

「お兄ちゃんっ、ちょっと黙ってて！　確かにやらかしたけれどもっ！」

《この妹予想外にポンコツだぞw》

《わい、メスガキよりもポンコツ妹キャラの方が萌える》

「ほらやっぱり、みんなも今のおまえのほうがいいって言ってるぞ」

「うー、素人はだまっとれ！」

「視聴者を素人とか言うな。失礼だろ」
「ごめんなひゃい……」
《ワインたんの弱点は兄貴……φ(..)メモメモ》
《素直すぎるだろ！》
まあ反省してるならそれでいい。あんまり妹はしかりたくないが、甘やかした結果後で不利益《ふりえき》を被るようなことにはなってほしくないからな。視聴者はお客さんだしよ。
まあそれはともかくだ。
「あんまうちの子で遊ばないであげてなおまえら」
《だから優しいな兄貴ｗ》
《おれもこの兄貴に養ってもらいたいｗ》
《ママぁ……》
「いやママじゃないから、こいつの兄貴だから」
「お兄ちゃんはアタシの兄だしっ。あんたらにはあげないんだからね！」

《なんというブラコン》
《兄貴好きすぎるだろ笑》
《兄貴に負けてるぞおまえらw》
《いいんだよ、兄貴は血ぃつながってるし》

あー……。そうだ。視聴者は、知らないんだったな。
俺たち兄妹が、実は血のつながらない、義兄妹ってこと……。
ん？　あれ……もしかして、これは……絶対に秘密にしなきゃ、いけなくないか？

《長文すまん。最初は男の声して、正直ファンやめようかって思ったよ。でもワインたんの血のつながった兄貴ってことで、安心した。家族なら別に好きでもいい。一緒に住んでるのうらやましいけど、家族なら当然だからね。これからもファン続けるよ。これは生活費の足しにしてね》

そう言って、一万円の投げ銭とともに、長文コメントをくれた視聴者……。
ま、まずい……。視聴者に受け入れられてるのは、みんな俺が、いすずワインの実の兄貴だと思ってるからだ。これで赤の他人です、なんてばらした日にゃ、大炎上必須。

「え、何言ってるの？　お兄ちゃんとアタシは血ぃ……」

「わーーーーーーーーーーーーーーーーーーーーーーーーーー！」

「わっ、なぁにお兄ちゃん、急に声だして。夜中に近所迷惑だよ」

《正論草》
《てかどうした、心霊現象でも起きたのか！》

良かった、ばれてない！　俺はマイクから離れて、いすずの耳元でかつ小声で言う。

「……おまえ血ぃ繋がってないのは黙ってろ。いいな、炎上するぞ！」

「！　そ、そか……ごめん……」

俺はすぐさまマイクをつなげて、会話を再開する。

「すみません、うちの妹がお漏らししかけたんで」

「おしっこなんてしてないよ！」

《ワインたんの口からおしっこキター！》

《下ネタもいけるんですか、イイネ！》
《やっぱり兄貴の存在がキーだったな》
《兄貴がいるとワインたんの魅力が倍増するで！》

コメントがどんどんと増えていく。それに伴い色つきのコメントも……！
「お兄ちゃんすごいよっ。スパチャの数が、もう見たことないくらい！」
「そ、そうだな……。あの……すみません」

《いいってｗ　家計の足しにしてください！》
《おれたちの金はワイン兄妹のために捧《ささ》げる！》

「あ、いやだから……捧げなくていいんで、お金は大事にしてください」

《兄貴が兄貴してるなｗ》
《ここがスパチャの投げどころですか？》
《おｋ。お金は大事にするよ。はい課金》

「だから、金！　大事にしてくれ！　いいから、もう十分だから！」

《もっとやれってことですねｗ》

《おい投げろ投げろｗ　投げまくれｗ》

「え、っと……いすず！　おまえもなんか言ってやってくれ！」

「新しい机もＰＣも買えるね！　もう地べたにちゃぶ台で、ポンコツＰＣ使わなくてすむ！」

「おいいいいいい！　火に油注《そそ》いでどうすんだよぉおおおお！」

……最終的に、気づけばワイン兄妹で遊ぼうみたいな内容になっていた。

スパチャ額は過去最高。

ＳＮＳのトレンドにも俺たちの名前が上がり、大バズり。

コメ欄は「はよ兄貴のチャンネル開設希望」というものであふれかえる事態になったのだった。

わからん……Ｖ界。

配信切り抜き②

Vの自由っぷりに困惑兄貴w【兄妹配信／いすずワイン、ワインの兄貴】

『はいじゃー、アフタートーク！　初配信振り返っての感想とかいってきましょ！　で、さっそくだけどぉ……お兄ちゃんちょっと肩に力入り過ぎてない？』

「いや、そりゃそうだろ……だってこれ、生配信なんだぜ？　何かやらかしても、取り返しがつかないって言うか……こわくね？」

《まあ気持ちはわかる》
《動画勢Vみたいに、編集でなかったことにできへんからな》
《それこそ顔が映り込んだらおしまいやし》

『お兄ちゃんを怖がらせないで！ となりで青い顔してぶるぶるしなくていいから！』

「映り込みなんてしたら、妹がアイドルにスカウトされちまうじゃあねぇか！」

《妹への自信過剰で草》
《ワインたんのご尊顔をぜひ拝してみたいｗ》
《わいもワインたんの顔見れるなら一〇〇万だしてもいいね》

「いやしかしほら、コメントでも言ってるけどさ、もし顔映ったらもうおしまいじゃあねえか」

『……もしかして、お兄ちゃん配信嫌いなの？』

「嫌いじゃあないぞ！　ただ、リスクもあるよねっていう。顔バレなんてしたらやばいし」

《そんなこと言ったらなんもできへんやん？》
《せやで兄貴、もっと自由でええんやで》

「自由にしてもいいっていってもなぁ。企業がバックについてるわけだし」

『でもそんなこと言ったらなにもできないよ？　車の運転もそうでしょ？』

「車？」

『うん、車って確かに人を殺しちゃうときもある、危険なものだけど、でもそれを恐れてたら一生車の運転なんてできないよ。最低限守らなきゃいけない

ルールを順守すればさ、配信って楽しくて、最高の仕事だと思うよ』

「ううん……そういうもんかねぇ」

『そうだよ！　だってこの雑談で、二〇〇万円も稼いだんだよ？』

「はぁああ!?　に、二〇〇万円!?」

『そう、みんなと楽しく雑談しながら、一時間でそれだけの大金を稼いだのだ！』

「に、二〇〇万円ってことは……二〇〇万円ってことですか!?」

《小泉構文で笑うｗ》

《動揺が伝わってくるな》

《そら兄貴にとっては初体験やろうし》

《兄妹で初体験か》

《えっっっ！》

《エッチすぎるじゃねえか……》

『さすがスパチャ全額はもらえないけどね』

「あ、そ、そ、そうなんだ……し、しかしいいのか？　二〇〇万も？　今日の配信ほぼ俺といすずがしゃべっただけだぞ？　生産的なことなんもしてないのに、みんなはそれでいいの？」

《ええで》

《兄貴を配信で見たかったからなw》

《予想以上の素人《しろうと》っぷり、堪能《たんのう》させてもらいましたw》

《いやぁ満足度高いですよ》

《顧客満足度の高い兄ですね笑》

『ほらね、お客さんが楽しんでもらえる時間を提供したんだから、いいんだよ。それとも……嫌になった？』

「あ、いや。決してそんなことはないよ。ただ、ちょっと今まで生きてきた文化とのギャップに、戸惑っちまってな」

《外国人みたいなこといいますねこの兄貴》

《おもろw》

《ここまで素人丸だしなVも珍しいよねw》

《このスレてないかんがええんやん》

《わかる、処女感が最高》

「俺は男だっつーの……」

『お兄ちゃんの処女は、いすずがいただいたぜ！』

「いすずさん⁉　こ、こらおまえ、それはさすがにダメだろ……」

《ぶひぃいい！》

《ワインたんの可愛《かわい》いお口から処女とか出ててよきよき〜》

《ワイの処女も奪ってくれぇええええ！》

「これいいの⁉　ＯＫなの⁉」

『みんな笑ってくれてるから、ＯＫです！』

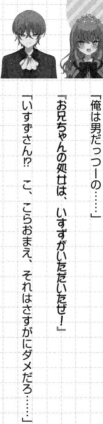

「懐広すぎるだろVの世界」

『その通りだよ！　だから、お兄ちゃんは変に、自分が企業のVだとか気にせず、好きなように自由に振る舞えばいいんだよ』

「なるほどなぁ、勉強になったよ。まだちょっとノり切れないけど……頑張ってみる」

『うん！　大丈夫、最初はちょっとキツいかもだけど、やってくうちに病みつきになって、もうこれなしじゃ生きていけない体になるから！』

「これマジで大丈夫なの⁉　怒られないの⁉　ねえこれが普通なの⁉」

《これはえっち》
《配信のことですよねw》
《いやえちちだろ》
《絶対えっち》

#3 事務所No.1のVTuberとコラボしても事故る

妹との謝罪配信で事故った後、契約のことで812プロの本社に呼び出された。親父《おやじ》からの同意がとれたことも報告する必要があったので、まず零美《れいみ》さんに会うことになった。こないだのことで、怒られないかなぁ……と不安だったんだけど。

「こないだは素晴らしい配信だったよ、聡太《そうた》くん」

スーツ美人の零美さんが、すっごいニコニコしていらした。

こないだはクールな印象だったが、今日は普通に笑ってて、きれいな中に可愛《かわい》らしさもある。

「同時接続十五万人とは恐れ入った！　やはり私の目に狂いはなかった。兄妹系V、セットで売ることで、相乗効果をもたらす！　いいモデルケースになってくれてるよ、感謝する！」

「はあ……あの、情報を漏らした件については、いいんですか？」

「もちろん。話題になってるしね」

こないだの配信後、ツイッターのトレンド一位に【#兄貴Vおめでとう】が載っていた。

「これは、ひょっとするかもしれないな……」

零美さんがなんか意味深なこと言ってる……が、そうだ。

「あの……一つ気になってたことがあるんですが」

「なにかね？」

「男の俺《おれ》が、この８１２プロ入って大丈夫なんでしょうか？　だってここ、女性配信者しかいないんですよね？」

女性アイドルグループに、俺だけが入ってるようなもんだしな。

零美さんは満面の笑みのまま言う。

「別にかまわないよ。というか、別に私は女性限定で人を集めてるわけじゃあない」

「あれ、そうなんですか？　てっきり女性Ｖグループでも作るのかと」

「そういうわけじゃない。ただ、私が会って才能がある、と思った子たちは皆、女の子だった。それだけさ。現に今も何度か男性ＶＴｕｂｅｒを獲得するため、面接を繰り返しているところだよ。でもみんなだめだね」

ああ、男性Vを取る気はあったんだ。でも、だめってどういうことだろう？

零美さんは一転して、真剣な表情になって言う。

「才能以前に、みな、下心が見え見えでね。誰もがこの、女だらけな空間に俺ひとり、な状況になりたいというのが伝わってくるんだ。Vの中の女の子たちと出会いたい、そういうゲスな気持ちがね。……でも、君は違う。余計な邪念が感じられない。そこがいい」

邪念……ねえ。

「この箱に入ればVの中の人と知り合いになれる、とか、ワンチャンスあるかも、とか思う。そういう邪念がない。私はその無欲で、すれてないところがとても気に入ってるんだ。これからも頑張ってくれ」

正直無欲かって言われると、疑問が残る。VTuberを志したのは、究極的には金のためだ。

「……わかりましたけど、その……ほんとにいいんですか？　男入れて」

「ああ。私の用意した箱に、新しい風を入れたいから君をスカウトした。君は大人の思惑など気にせず、上を目指すがいい。コラボも全然いいよ、他の子たちが同意するなら、だけどいすずの言うとおり、割と自由に、V活動やってもいいみたいだな。ホッとした……。

次からは、もう少しびくびくしないで配信できる、といいな。がんばろ。

「2Dモデルの準備が整ったら連絡するよ。それまでは、こないだのイラストを使って活動してくれてOKだ」

「わかりました。正式デビューっていつ頃になりそうですか？」

「最短で八月初旬だね」

「八月⁉　え、今七月中旬ですけど、早くないっすか？」

「当然さ。今世間は、ワインの兄貴の配信を今か今かと待ちわびている。SNSのトレンドはそれでもちきりさ」

確かにいすずもそんなこと言っていたな。

「君がもたらした新しい風。この機をのがすわけにはいかないからな」

「お、俺なんかのために……」

「なに気にするな。それに、君のためだけじゃあないからね」

☆

マネージャーさんと契約等の会話を終えて、俺が帰ろうとしたそのときだ。

「ソータ！　ひさしぶりね！」

「アルク……」

Ｎｏ．１Ｖのアルク・くまくまの中の人、天竜川《てんりゅうがわ》アルクその人だった。

ここにいるってことは、事務所に用事があったのだろう。

「今帰り？　じゃ一緒に帰りましょっ」

「え？　まあ……いいけど……」

「はいけって～♪　電車？　じゃアタシも電車で帰ろっと」

アルクがスマホで誰かと連絡を取っている。

通話を終えると、がっ、と腕を取って歩き出す。

「おまえ誰にかけてたんだ？」

「使用人さん」

「どこの国のお姫様だよ……」

「うちお金持ちなのよねえ」

そういやあのあと、調べたんだけど、天竜川って家は相当でかいらしい。アルピコ学園を運営してるのも天竜川らしいんだ。本当に金持ちなんだなこいつ……。

外に出た瞬間、アルクは帽子をかぶって、サングラスをつける。

「マスコミ対策かそれ」

「そ。アタシ、いちおう有名人だからね」

俺たちが駅に向かって歩いていると、大きな看板があった。

そこには美しい姿の少女がピアノの前に立っている。

『天竜川アルク　コンサートツアー』とでかでかと書いてある。

こんだけでかい広告打ってもらえるくらいには、才能あるピアニストなのだろうな。

「しかし不思議なやつだなおまえも。なんでそんなツラもよくて、社会的な地位も確立してるのに、Ｖやってるんだ？」

零美さんは言っていた。ＶＴｕｂｅｒはみんな、なんらかの仮面をかぶっている。

仮面《ガワ》ごしに視聴者と交流してる。

それは裏を返すと、仮面をつけないといけない理由があるってこと。

たとえばいすずは極度の引きこもりで、俺たち家族以外の人とは直《じか》に話すことすらできない。

だからVとしての仮面をつけてる。

この前、そして今日もいすずが812プロに来なかったのはそれが理由だ。

「なんでわざわざ仮面なんてつけて活動してるんだ。堂々と可愛い素顔さらしてやりゃあいいのに」

俺がそう尋ねるが、しかしアルクは答えなかった。

なんだ？　踏み込んだこと聞き過ぎちまったか？

「……か、かわ……かわいい……」

「え、なんだって？」

「あ、あんた……その……今、なんて？」

「は？　なに、可愛いって言っただけだが」

「そ、それ……何割の、お世辞？」

「いやお世辞じゃねえし。普通に可愛いだろ」

アルクはうつむいて、ぷるぷると震えている。怒ってるだろうか。

でも可愛いものを可愛いっていって、何が悪いんだろうか。

「そ、そんなことよりっ。あんたとの配信、楽しみだわ」

「ああ。俺も楽しみではあるよ。ただ……」

「なに？」

「パソコンなくてさ、うち。妹がもってるやつ一個だけだし」

愕然《がくぜん》とした表情でアルクが俺を見てくる。

「なに時代の人間？　昭和から来たの？」

平成生まれだよ。あと微妙に昭和生まれの人ディスんじゃねえ。

「買えばいいじゃないの」

「うちあんま金に余裕ないんだよ」

「昨日のスパチャ、結構もらったんじゃない？　会社に中抜きされるとはいえ」

「ああ、信じられないくらいの額が入るって聞いた……」

さっきマネージャーさんから説明を受けた。スーパーチャットでもらえる金は、ストレートに配信者の財布の中に入ってくるわけではないらしい。また、配信してすぐ金が振り込まれるわけではないそうだ。

「じゃそのお金で買えば？」

「その……恥ずかしい話なんだが、パソコン買ったことなくってな」

「へえ……じゃ、アタシが付き合ってあげるわよ」

「え？」

「か、勘違いしないでよね！　つ、付き合うって！　パソコン買うのの付き添いって意味だから！」

「おう、わかってるよ。ありがとな！」

むすっ、と一瞬でアルクが不機嫌そうな顔になる。

その後不機嫌なアルクとともに、近くの家電量販店でノートパソコンや周辺機器を購入した。

俺としては、全額家のために使いたかったのだが……。

でも、これは配信していく上で必要となるものだ。だから、出費はしょうがないと割り切った。

買い物の後。駅前にて。

「アルク。いろいろアドバイス、サンキューな」

「どういたしまして。さ、行くわよ」

「は？　いくって？」

「そんなの、あなたの家に決まってるじゃない」

☆

電車に乗って、俺たちの家へとやってきた。

「へー、おうち喫茶店やってるのね。なかなかおしゃれなとこじゃないの！」

身バレしないよう変装したアルクが隣にいる。

今はバイトさんたちが店のことをやってるので、俺は店番しなくていい。

「なあアルク……マジでうちくるの？」

「うん。だってあんた、パソコンセッティングの仕方わからないでしょ？」

「いやまあ……そうだけど……」

「じゃ決定。ほら案内なさいな」

昨日今日出会ったばかりのＪＣを家に連れ込むことになるとは……

な、なんか犯罪臭が半端《はんぱ》ないな。いやいや何もせんけどな。

それにパソコンのセッティングの仕方がわからないのは確かだったし、ちょうどいいか。

「先輩、パソコンのご指導、よろしくお願いします」

「かしこまらなくていいわ。後輩を助けるのは、先輩の義務みたいなもんよ」

アルクが普通の調子でそういった。多分本心からそう思ってるんだろうな。

ちっこいけど、先輩なんだなぁって思った。ありがたい。

俺たちは店の裏口から入る。

きょろきょろとアルクが周囲を見渡す。

「ここ住居と併設されてるのね」

「ああ。一階の通りに面した半分がカフェ、残りが自宅のリビングとか風呂《ふろ》。子供部屋は二階だ」

「二階。この階段ね！」

アルクがトントントン、と階段を上っていく。

俺も後から続いていく……のだが。

あ、アルクのやつ、スカートはいてるからか、パンツがモロで見えてしまった！

い、いや……見てない……見なかった。うん、見なかった。青いしましまかぁ……。意外と幼い……じゃなくって。

「なに、顔赤いけど」

「ベツニナンデモアリマセン」

「？　あっそ。部屋どっち？」

「奥の部屋。手前はいすず……妹の部屋だ」

「へー……。ここがいすずワインちゃんのお部屋ねえ～」

興味深そうに、ドアを見ている。

いすずのおへや、と書かれたプレートがぶらさがっている。

「妹ちゃんは？」

「今日は家に居るよ」

正確に言えば今日もなんだが……。

まあ、別に家庭事情を聞かれてもないのに話さなくていいか。

引きこもりだって話して、可哀想《かわいそう》な人って思われたくないしな。

「挨拶《あいさつ》したいんだけど」

「あー……無理。悪いな、あいつ人見知りでさ」

「あ、そう。ま、いいわ。また会う機会もあるだろうし」

そんなこんなあって、アルクが俺の部屋へとやってきた。

興味深そうにきょろきょろしてる。

「何してんの？」

「あ、えと……お、男の子のお部屋って、入るの初めてだからちょっと緊張しちゃって……」

「へえ……天才ピアニストなのに？」

「なにそれ、けんか売ってるの？」

「売ってないって。ただそんだけツラがよくって才能もあるなら、言い寄る男も多いだろ。

彼氏とかいないのか？」

「い、いないわよ！　いるわけないじゃない！」

ずいっ、と顔を近づけて叫ぶアルク。

な、なんか地雷でも踏んじまっただろうか……。

「そ、そうか。悪かったな……」

「だ、だいたいね、男の子の部屋に入ったのも、デートしたのも、あんたが初めてだから」

「は？　デート？　いつしたんだよ」

「さっきしたでしょ、買い物デート」

「そ、そうかデートか……」

「はいはい、ちゃっちゃとパソコンセットアップするわよ」

「お願いします」

☆

アルクはすごいなれた手際《てぎわ》でセットアップしていく。

俺には何をしてるのかさっぱりだった。

待ってる間暇だったので、俺はアイスコーヒーを淹れて部屋に戻ろうとする。

二階に上がったそのときだ。

がちゃり、と手前の部屋の扉が開いて、いすずが顔を覗《のぞ》かせた。

「え、お兄ちゃん？」

「おう、ただいま」

「うん……おかえり。あれ？　隣の部屋から音してたけど……」

「ああ、今……」

って、なんて説明すればいいんだ？

状況をそのまま説明する？　いいやでも、いすずはアルクに敵対心持っていたからな……。

いや、でもあいつの中身をいすずは知らないし、別にアルク・くまくまであることを伏せときゃいいか。

「友達が遊びに来てるんだ」

「え、お兄ちゃん友達いたの⁉」

「兄ちゃんだって友達いるよ……。まあちょっとうるさくするかもだけど、すまんな」

「う、うん……いいけど……」

コーヒーを持って自分の部屋へ向かう。

妹はじーっと俺のことを凝視していた。なんなん？

☆

部屋では、机の上にノートパソコンを広げ、アルクが椅子《いす》に座っている。

「おかえり。もうおわったわよ」

「早いな」

「そう？　最近のパソコンはそんなにセットアップに時間かからないわよ」

「そうなんだ。でもサンキューな。助かったよ。はいこれ」

俺はアイスコーヒーをアルクに渡す。

アルクはお礼を言って受け取ると、ちゅうー……とお上品にコーヒーをすする。

一口飲んで、目を輝かせる。その後、ごくごくと、一気に飲みきった。

「すっごいおいしい！」

「そりゃさんきゅ」

「もしかしてソータって、コーヒーのプロ？」

「まあ喫茶店マスターのせがれだからな」

「へえ……！　ここってこんなコーヒーおいしいのね……また来るわ！」

「そりゃよかった。いつでも歓迎するぜ」

「言ったわね、言質《げんち》は取ったわよ？」

「おう。いつでもおいで」

また喫茶店《いい》のほうにも来てくれるってことだよな。

客がひとりついてくれたようだ。よかった。

じーっ、とアルクが俺の持っているアイスコーヒーを見やる。

「それちょうだい。もう一杯飲みたいの」

アルクが俺からコーヒーを奪って、ちゅうちゅうと飲み出す。

「おまえそれ俺が口つけたストローだぞ……」

かぁ～～～～～～～っとアルクの顔が真っ赤《まか》になる。

「そ、それ……か、かんしぇちゅきっちゅじゃぁああああああああ！」

ドンッ！

「かみすぎて何言ってるかわっかんねえよ……。悪かったな、汚いもん咥《くわ》えさせて」

ドンドンッ……！

「べ、別に……あんたの、汚くないわ。てゆーか……おいしかったし……ちょっと苦かったど、癖《くせ》になるってゆーか……」

ドンドンドンドンドンドンドンドンドンドン！！！

「ってうるさいわね！　なんなの、隣の部屋からどんどんと！」

「す、すまん……どうやらいすず、怒ってるみたい」

「なんであんたの妹が怒るわけ？」

「俺といすずの部屋、壁が薄いんだよ。多分俺らが騒いでたのが耳障《みみざわ》りだったんだろうな」

「へー……壁が薄いんだ。大変ね」

「まあ慣れればそんなでもないよ」

アルクはいすずの部屋の壁をじっと見つめる。その目はどこか切なげだった。

どうしたんだろうか？

「うらやましいな……」

「あ？　うらやましい？」

「うん。家に家族が居るのって……いいな」

「居ないのか？　家に人？」

「ええ。忙しいのよ。アタシも、他の家族も」

彼女はＶＴｕｂｅｒをやりつつピアニストとしても多忙な日々を送ってる。

だから家族とはすれ違っているのだろう。

家が裕福っぽいし、親も外に居る機会が多いんだろうか。

「ふーん……そか。大変だなおまえも」

「ありがと。でももう慣れたわ」

あんま、慣れてるって顔してないけどね。なんか、かわいそうになってきた。

俺は近づいて……気づいたら、アルクの頭に触れていた。

「おまえも、いろいろ抱えてんだな」

「あ、えと……その……」

頭をポンポンとなでてやってると、アルクがみるみるうちに静かになる。

やがてぽつりとつぶやく。

「……なんでアタシに優しくするの？」

「おまえ背も小せえし、なんか妹みたいでほっとけないんだよ」

むっ、とアルクが一気に不機嫌になると、ぺいっと手を払う。

「ふーん、妹。ふーん……。シスコン」

「ちげえよ」

ドンドンドンドンドン！　妹様がお怒りに⁉　なんで⁉

今大きな音たててないよね⁉

「なるほど……あんたも、なるほど……ね」

よし、とアルクが意を決したようにうなずく。

「ねえソータ。ちょっとパソコン借りていい？」

「いいけど、何すんの？」

「生配信。雑談枠で」

「へー……雑談……生配信⁉　ここで⁉」

「うん♡　あんたとアタシの、コラボ雑談するって約束したでしょ♡」

「はぁあああああああああ⁉」

何言っちゃってるんですかこの子⁉

「アタシの初めてばっかり奪われて不公平だから、あんたの初めてもちょうだい」

「いや言い方！　初めてのコラボってことだろ！」

「あんたの知名度もあがるし、パソコンの動作テストもかねての配信。どう？　一石二鳥じゃない？」

「ぐ……た、確かに……」

アルク・くまくまは有名Vだ。

コラボすれば、多くの人に知ってもらえるだろう。

正直……ビッグチャンスといえる。

「いやでも……さすがに、同じ部屋でオフコラボみたいなことすんのは……」

オフコラボ。ネット上でのコラボではなく、実際に顔を会わせてするコラボのことだ。

「あ、ごめん。もうツイッターに告知出しちゃったから」

「おいいいいいいいいいいいいいいいい！」

「わ！　えぐ……ちょーバズってんですけど！　やっぱりワインの兄貴は話題性抜群ね！」

「いや俺の意思は⁉　勝手にやるっていうなよ！」

「だめー、もう決定です！」

にっ、とアルクがイジワルそうに笑う。

「光栄に思いなさい。アタシとオフコラボした男、あんたが初めてなんだから」

まあ812は女ライバーばっかりだから、男でコラボしたやつっていないだろうけど……。

え、マジでやるの……オフコラボ？　だ、大丈夫かなぁ……。また放送事故とか、いやだよ俺。

☆

アルクは今日買ってきたノートパソコンをひろげて、自分のチャンネルにログイン。

「今日はいろいろ機材が足りてないから、立ち絵使って配信するわね」

「かみ砕いて説明してもらって悪いが、何を言ってるかわからん」

「画像だけ張ってあとは声だけ、ラジオみたいな配信するわねってこと」

「なるほど、了解した。……しかし、こんないきなりの配信で、人集まるのか？」

アルクがＳＮＳで配信します、とツイートしたのはつい数分前。

結構な勢いで拡散されてはいたものの、だからといってすぐに見てくれるとは限らない。

「だいいち、今は平日の午後だぜ？　社会人からすれば」

「大丈夫、ド平日だろうと社会人さん、Ｖの配信普通に見に来るから」

え、なんで仕事中に配信見てるの……？

わ、わからねえ……。わからないことだらけだ。Ｖ界は魔窟だ……。

「さ、始めるわ……って！　すっご！　なにこれ⁉」

アルクが配信の準備をするため、パソコンをいじる。

表示されてる数字を見て、目をむいている。

「同時接続一〇万……もっと伸びてる……すご！　十五万人行った！」

「何驚いてるんだよ。Ｎｏ．１Ｖの配信なんだから、こんくらい人くるだろ？　よく知らんけど」

「ド平日、しかもゲリラライブで、十五万はない……。いっても三万とかだもん」

それでも三万集まるってすっげえな……。

「普段の五倍とか……さすがは、ワインの兄貴効果ね」

「いやいやいや。おまえが有名人なだけだろ」

「謙遜しないの。あんたがいたからこの同接なのよ。誇りなさい。あ、二〇万いった」

「はあ……」

気のない返事をしてると、アルクが不機嫌そうに頰《ほお》を膨らませる。

「どうだ、すごいだろって、もっと自画自賛してもいいのよ？」

「俺だけの力じゃないし。そもそも論として、二〇万がどれくらいすごいのかわからん」

「あんた……ＶＴｕｂｅｒの妹がいるのに、業界のことなんもわかってないのね」

「別にＶＴｕｂｅｒに興味あったわけじゃなくて、妹がＶだから、見てただけだしな」

他のＶがどういう配信してるとか、そのセオリーとか、まるで知らん。

アルクが「うぐぐ……無自覚天然無双とか、どこのなろう系よ」と少し悔しがってた。

「ま、いいわ。これから配信はじめるけど、あんた……アタシの配信見たことないのね」

「ないなぁ」

「じゃあ、アタシが普段配信上で、どういうキャラなのかも？」

「知らんなぁ」

キャラ、か。そうだ。妹もクソガキキャラを演じていたように、アルクもまた、アルク・くまくまというキャラを演じる必要があるのか。

一体どんなキャラなんだろうか？

今みたいに、自分に自信のある、ちょっと言動きっつい感じだろうか？

「じゃ、始めるわよ」

「大丈夫か、配信始める前からスタートしてないか？」

「そんな素人《しろうと》みたいなミスしないわよ」

「おお、プロっぽいな発言が」

「ま、それなりに長くやってるからね。あんたみたいに、配信事故とか、絶対しないわよ」

「絶対？」

「もちろん。プロだものっ！」

プロかぁ。そうだよな。中学生なのに、長くプロの世界にいるんだもんな、この子
我が妹もこの子も、プロの世界で食えていけるんだから、すげえなぁ。

……ん？　妹……。と、そのときだ。

「はぁ～～～～～～～い♡　こんくまこんくま～♡」

甘ったるい声が、どこからか聞こえてきた。

ロリ系のアニメ声優さん？　と思うくらい、きんきんに甲高い。一体誰が、こんな声を？

「くまっこのみんな～？　こんくまー！」

「おまえかよぉおおおおおおお！」

思わずツッコミを入れてしまった。

え、なに⁉

この語尾にくま♡とかつけて、こびっこびの声だしてるのが、天竜川アルクさんなんですか⁉

笑顔のまま、アルクがぎゅーっとつねってくる。

「ちょ、だめくま～♡　まだ紹介してないのに出てきちゃ～♡」

言外に黙ってろって言われました。すみません……。

パソコン上には、視聴者からのコメントが流れていた。

しかも……こないだと同様、すさまじい早さで流れている。

《きたー！　兄貴ーー！》
《ワインの兄貴ーー！》
《うほっ、いい声ｗ》

だーっ、とまるで嵐《あらし》の後の濁流のごとく、コメントが流れていく。
す、すげえなコメントの数……目で追えないぞ……。

「これがＮｏ．１の実力か……」
「ちょっ！　兄貴、まだくまは何もしてないくまー！」
《実力を思い知るの早すぎだろｗ》
《兄貴はくまーの何を見てたんだｗ》
「いや、このコメントの数、さすがアルクだなって思ってな」
《ちょｗ　大先輩にため口とかｗ　恐れ知らずすぎだろｗ》

「あ、す、すまん……いや、すみませんでしたアルク先輩」

「いいくまぁー♡　気軽にくまくまって呼んでも♡」

「じゃあアルクはいつもこんなたくさんのコメントくるんだな。すごいな」

《おいこいつ先輩の申し出ガン無視してるぞw》
《初っぱなからフルスロットルじゃねえか！》

い、いかん……どうにも慣れない。

リアルで話してるときと、配信上でのキャラがあまりにかけ離れすぎてて、戸惑ってしまう。

だがアルクは気にしてない様子。

後輩はミスするもの、とわかってスルーしてくれてるんだ。なんという優しさ。

しかしいつまでも優しさに甘えていてはいかん。

「兄貴ちゃん、そろそろ紹介いいくまー？」

「あ、はい……どうぞ。すんません邪魔して……」

《今更後輩ぶってるw》

《おせえよw》

《くまー『おまえ、配信おわったら校舎裏こい』》

「くまーはそんな物騒なことしないくまー？」

「…………？」

「だまらないで！　聞いてるの、兄貴ちゃんに！」

「え、そうなの？」

「そうだよ！　何で無視するわけ⁈」

「え、だって最後疑問形じゃなかったし」

「『くまー？』っていうのは、『～ですか』って意味、そんなの……こほん。わかるくまね♡」

《キャラ崩壊してて草》

《この兄貴、妹に続いて大先輩までもキャラ崩壊に導いてやがるｗ》

《Ｖクラッシャーだ！》

「なんだよおまえら、Ｖクラッシャーって……」

あ、や、やべ！　おまえらなんて馴《な》れ馴れしく言ってしまった……。

するとアルクが俺を見て、口元を緩ませる。落ち着けってこと……？

《全《すべ》てのＶＴｕｂｅｒを破壊する男兄貴》
《ワインたんにつづいてくまーまで壊そうっていうのかｗ》
《次々女を落としていくな、このＶＴｕｂｅｒ》

う、ううむ……どうやらおまえら、呼びでも視聴者は気にしないみたいだな。

なるほど、結構距離感近くてもいいのな……。そういや、いすずも視聴者をあおって、みんな喜んでたし。友達みたいな近い距離感でいいのね。

「よし、兄貴覚えた」

「あ、兄貴ちゃん何勝手に納得してるくまー？」

「別に俺、アルク……あ、くまくま……ええっと……なんて呼べばいい？」

「もういいよ！　好きによべばっ⁉」

「あ、じゃあアルクで」

《距離詰めるのマッハで草》
《くまーが新人に翻弄されてるｗ》
《兄貴はなに？　切り抜き動画製造マシーンか何かですか？》

《撮れ高やべぇw　切り抜け切り抜けw》
「お……まえらまだ始まってすらいないんだぞ。おとなしくしろ」
「いやおまえのせいくまよ⁉」

《兄貴落ち着いて！　ここはあなたの家じゃないのよ！　他人の家なのよ！》

あ、やっぱこのくらいの温度感でいいのな。

てか、家？　ああ、そうか。ホームチャンネルって意味な。

これは、アルク・くまくまの配信なのだ。ここは他人の家。おとなしくせねば。

「こほん……あー、落ち着いたくま？」

「ああ。すまん……」

「うんうん、最初は勝手がわからないくまよね。少しずつできるようになるくまよ」

「せ、先輩……！　いいこと言うなぁ」

《今更後輩面《づら》してて草》

《呼び捨てとかスルーとかしまくってただろw》

《先輩とか今更ｗ》

「まーまー、いいくまよ。兄貴ちゃんはくまーの、大事な人だからくまー♡　なーんて……」

と、そのときだった。ドンッ……！

「「うぉっ！」」

突如として、背後からドンという強い音がしたのだ。

「びっくりしたぁ……あたしの後ろから、急にどんってきて……あんたの妹怒ってんじゃないの？」

「おいアルク！　ばか！」

止めようとしたが、遅かった。

《え？　妹？　ワインたんのこと？》

《なんでくまーの部屋に、ワインたんが壁ドンしてるわけ？》

さぁ……とアルクの顔から血の気が引く。

まずいまずいまずい！　今、視聴者にこの状況を知られるわけにはいかない。

俺の部屋で、アルクと二人きりで配信してるなんて！

《兄貴の部屋の音声が配信に入ったんじゃね？》
《でもドンッて音、どっちのマイクからも聞こえてるみたいだったよ》
《え、どゆこと⁉》
《まさかくまー、兄貴と一緒の部屋にいるとか？》

くそ……！　こうなったら……！
「あ、アルクせんぱーい！　もうひとり紹介するの、忘れてるじゃあないっすかぁ！」
《急な後輩ムーブ草》
《どしたん兄貴？》

「も、もうひとり……？」
「そーだよ！　今日は三人でコラボだろ！」

《三人？》
《まさかワインたん？》

もうこうやってごまかすしかない。

つまり、俺の部屋にやってきたアルクが、俺とふたりで配信した、という形にするんじゃなくて、元々三人で配信するために、集まったと、そうするしかない。

「いすずー！　もう配信はじまってるぞー！　早く起きなさーい！」

いすず、察してくれ……！　がちゃ……と扉が開く。

銀髪の美少女……俺の妹、いすずが現れる。

妹はぷくーっ、とまるでたこみたいに頬を膨らませていた。

「……お兄ちゃん、その女、誰？」

《修羅場で草ぁ……！》

《次回、兄貴死す！　デュエルスタンバイ！》

☆

自室、新しく購入したノートパソコンの前にて。

俺、妹のいすず、そしてアルクの三人が座ってる。

画面にはワインの兄貴とアルク・くまくまのイラスト、そして新たにいすずワインのそれが追加された。

「ということで、みんな～。ワイン兄妹とのコラボ配信はじめるくまー！」

アルクがよどみなく進行する。トラブルがあったのにこの落ち着き、さすが先輩。

「いすずちゃんと兄貴ちゃんがコラボ相手だったんだくま！　スタジオの後ろでいすずちゃんが待ってたくまよ！」

《三人コラボだったんだ》
《二人きりでかとｗ》
《それやったらガチで兄んちに爆弾送ってたわｗ》

オフコラボのことは伏せておくことにした。

いすずのリアルを知ってる人からすれば、引きこもりの彼女が、家の外に行くなんてありえない。

ましてや、スタジオなんて行くわけないとすぐわかるだろう。

だが視聴者たちは、いすずの仮面の下の素顔を知らない。知る必要もないのだ。

あくまで、彼らが楽しみに見に来ているのは、いすずワインやアルク・くまくまという、仮面をかぶったアイドルたちなのだから。……Ｖで良かった。

「改めて自己紹介してほしーくまー」

アルクがこちらに話題を振ってきたので、俺は答える。

「どうもいすずワインの兄貴です」

「……お兄ちゃん、なんでこの女いるの？　帰らせて」

《やきもちやいてて草ぁ》
《独占欲丸出しワインたんまじかわヨ》
《帰らせってここ先輩んちだぞｗ》

「い……いすず？　相手は先輩なんだから……ね？　失礼な口聞いちゃいけませんよ」

《おまえさっき散々先輩に失礼な口聞いてたぞｗ》
《見栄張ってて草》

「いいくまよ〜。いすずちゃん、ちゃんとしたコラボ初めてくまね」

「…………」

《大先輩をシカトこいてるぞワインたんw》
《そんなに兄貴が他の女とコラボしようとしてたのゆるせんのか》
《嫉妬妹かわヨw》

……いや、俺は気づいた。
いすずは震えていた。この子は元来極度の人見知りなのだ。
最初は怒りにまかせて、他人《アルク》のもとへやってこれた。
でも時間が経《た》って少し冷静になった事で、今は怯《おび》えてしまっているのだろう。
アルクも異常事態を察したのか、いすずに目で落ち着くよう促す。
だがいすずはうつむいてしまっていて、アルクからのサインを受け取ってない。
このまま何もしゃべらないままだと、そのうち視聴者側も異常に気づく。
今は楽しんでくれてるけど、マジの空気が伝わったら、終わりだ。
彼らは娯楽のために、彼女たちの配信を見に来ている。
俺はぎゅっ、と妹の手を握った。
はっ、といすずが顔を上げる。
冷たい手だ。大丈夫、大丈夫……と俺は彼女の手を握ってあげる。

「お兄ちゃん……」

妹も、遅まきながら気づいたらしい。

今の自分が引きこもりコミュ障の塩尻《しおじり》いすずではなく、ＶＴｕｂｅｒいすずワインであることを。

「いや隣にいるから当然だろ！」

「他の女の匂《にお》いがする」

目を閉じて、深呼吸する。きゅっ……と俺は握ってあげる。

《ヤンデレ妹で草》
《急にヤンデレＣＤになるのやめろｗ》
《お兄ちゃん逃げてｗ》

コメントがまた笑いのムードに包まれる。

アルクは小さく息をついていた。すぐに切り替えてトークを始める。

「いすずちゃんはお兄ちゃん大好きくまねー」

「は？　違うし」

「ツンデレくま？　あんたのことなんて全然好きじゃないんだからね的な？」

「お兄ちゃんのことはウルトラスーパー心の底から宇宙一愛してる、だから、勘違いしないでよね！」

《ツンデレのレベルが違いすぎるw》
《宇宙規模のヤンデレで草》
《こんなかわいい妹から執着されて裏山だぞ兄貴……いやお義兄さん！》

「いや誰がお義兄さんだ。おまえら、ぜってぇいすずは渡さねぇからな」

《父親で草ぁ……！》
《さっきは母だったのに急に父になってるしw》
《パパになったりママになったり忙しいな兄貴w》

「くまーにもいすずちゃんはくれないくま～？」
「……は？」

《ガチの『は』で笑う》

《だからその人事務所の大先輩だってw》
《兄妹そろってなんでそんなけんか腰なんだよ笑》
「いすずは身も心も、お兄ちゃんに捧《ささ》げてるから、あんたのものなんか絶対ならないもんね！」
《これは寝取られる》
《このあとビデオレター送られてくるやつですね》
《すっごい百合《ゆり》ですw》
その後も、いすずとアルクとのバチバチのやりとりが繰り広げられた。
主に俺を巡っての言い合い……というか。アルクが妹をからかって（奪っちゃうぞとか）、いすずが怒るという流れが続いた。
《てかさ、三人でオフコラボってことは……兄貴、くまくまの素顔、知ってるってことじゃね？》
余計なことを……！

せっかく事故を避けたというのに！　気づかなければいいものを！

《兄貴うらやましいぞ！》
《くまくまの素顔教えてくれｗ》
「いや、おまえら言えるわけないだろ。常識的に考えて」

《ですよねｗ》
《いやうらやましすぎるだろ！》
《ちょこっとだけ、ちょこっとだけ印象教えて！》
俺はアルクを見やる。小さく、うなずいてきた。
「まあ、あれだ。波風立てないよう、言葉を濁して言うとだな……妹のほうが可愛いな」
《大嵐で草ぁ！》
《いい波たってんねえｗ》
《事務所の先輩だろうと容赦なく殴っていって草》

アルクが笑顔のまま、ひくひく……と口の端をひくつかせる。
一方でいすずはうれしそうに、ふにゃりと表情を崩す。
「えへへ～♡　どうだぁ♡　お兄ちゃんはいすずのほうがいいってぇ♡　ざぁんねんでした～」
「べ、別にあなたの兄貴に好かれなくても全然なんとも思わないし、ノーダメだし」
《くまー、語尾忘れてるよ！》
《大丈夫！　くまーたんのほうがかわいいよ！》
「は？　ふざけんなよおまえいすずのほうが可愛いだろどこ見てんだよ」
《もはや先輩だってこと完全に忘れてる後輩V二名》
《こりゃ明日には潰《つぶ》されてるなw》
はっ！　しまった、妹のことになるとつい……！
するとアルクは小さく微笑《ほほえ》んで言う。

「妹のこと、ほんとに大好きなのね。うらやましいな……」
《お、いい雰囲気に？》
《か～ら～の～？》
「アルク……語尾忘れてるぞ」
《せっかくいい雰囲気だったのにw》
《ほんまVクラッシャーで草》
《長文すまん。おれ男性Vが812に入るの反対だったけど、兄貴通してワインたんがいろんな女性Vの輪に入るのは大賛成。兄貴をかませることで今までにない化学反応が起きると思う》
アルクはちらっと時計を見た後に言う。
「そろそろ一時間だし、配信今日はこれまでくま！　おつくま～」
「え？」
《素で驚いてるんじゃねえよ兄貴w》

《おまVなのに先輩の終わりのあいさつしらないとかw》
《楽しかったぞ兄貴！　また見に来るから絶対‼》

☆

アルクが配信ボタンを切ると、俺たちはそろって、机につっぷした。

「「つ、疲れた……」」

なんかやたら疲れた……。

やっぱり他人とのコラボって気ぃ使うし、大変だな。

「あなたって意外とポンコツなのね、妹が絡《から》むと……」

「そ、そうかな……？」

「ツッコミと思ったらボケでもあったのね。悔しいけど、おいしいキャラだわ」

ぐいっ、とアルクがのびをする。

「二人ともお疲れ様。特に……いすずちゃん」

びくっ、といすずが過剰反応して、俺の後ろに隠れる。

ブルブル……と震えるいすず。まだ仮面ごしじゃないと、他人と話せないみたいだ。

「無理に付き合わせちゃってごめんね。いすずちゃんに来てもらえなかったら普通に事故ってたし」

「事故らないんじゃなかったのか、先輩?」

「う、うるさいなぁ……」

そう言いつつも、手早く帰宅の準備を整えたアルク。俺は見送りに玄関までついて行った。

「今日はサンキューな。この借りはいずれ」

「いいわよ。もう十分にもらったから」

「は?　どういうこと?」

アルクがスマホを取り出す。

チャンネルの画面を見せつけてきた。

「じゃーん。登録者数二〇万人増!　今日一回の配信で、ここまで伸びたのは最近だと一番よ!　ありがとね」

見せてもらった、登録者数。それはいすずのそれを、遥《はる》かに凌駕《りょうが》するものだった。

これが、No.1……か。

「じゃあねソータ。また!」

「おう。……え?　また?　それって……」

すぐさまリムジンが到着して、アルクはそれに乗り込むと、颯爽《さっそう》と去って行った。

「……No.1、VTuberかぁ」

あの数字を手に入れるため、どれだけの努力を積み重ねてきたのだろうか。

きっと、新人の俺なんかじゃ想像もできない苦労があったに違いない。

……それと同じ道程を、果たしてたどっていけるだろうか。道半ばで挫折しないだろうか。

突如去来した不安は、俺のことじゃない。妹の……いすずのことだ。

あいつは頑張り屋だから、アルクと並び立とうとして……無理しないか心配である。

「今考えてもしょうがない……か」

俺は玄関のドアを閉じて、自室に引き揚げた。

「おにーちゃーん！」

「ぐふっ！」

妹が俺の腹めがけて、タックルかましてきた。

そのまま俺に馬乗りになる。

「あの女となにやってたの！　随分帰ってくるのが遅かったようですがっ？」

頬を膨らませてご立腹の妹様。

「いや別になんもなかったよ」

「ほんとにっ？」

「ああ、ほんとに」

「ぬへー♡　信じるー♡」

すりすり、と妹が俺に頬ずりしてくる。俺は頭をなでてやった。

「あのね聞いて、今日登録者数……五万も伸びてた」

「それは……良かったな」

「ううん、あんまうれしくないな。伸びたの、あいつのおかげなのが、悔しい」

妹の目を見て、俺はハッとさせられた。

目の奥には、闘志の炎が燃えていた。まったく凹《へこ》んでいない。

あの果てしない登録者数を持つ、頂に、果敢に挑もうとしているのがわかった。

「いすず、負けたくない。一番になりたい」

「なれるさ。おまえなら絶対」

「うん。だっていすずには、お兄ちゃんがついてるしっ！」

「俺？」

「うん！　お兄ちゃんがいれば百人力だよ！　そうだ！　ねえ一緒に上を目指そうよ！」

「……上、かぁ……」

家族を支えるのが目的でVとなった。だからといって上を目指したいかと言われると、どうだろうな。別に人気者になりたいわけじゃあないし。

でも人気になれば収入も増えるだろうし……ううん……。

「……今は……よくわからんな。でも、おまえの上を目指すっていう夢は、全力で応援するぜ！」

俺は、アルクに見せてもらったスマホ画面を思い出す。

アルク・くまくま。チャンネル登録者数……八二〇万人。

配信切り抜き③

後輩にV教えるくま【振り返り配信／アルク・くまくま、ワインの兄貴】

いやぁ、それにしても今日の配信、楽しかったわ。みんな見てくれた？

《見たw》

《あれ、くまーさん。語尾忘れてるくまー？》

見てくれた、くまー？　ああもう！　なんか兄貴ちゃんとの配信の余韻が残ってるわね……。

《ワインの兄貴：すみません》

！　兄貴ちゃん⁉　え、配信見てるの？

《ワインの兄貴：見てます。今日は本当に申し訳ありませんでした》
《兄貴しおらしくなってて草草の草ぁ！》
《さてはおめえ……偽物《にせもの》だなぁ？》
《兄貴はもっと失礼なやつだぞ！》
《おまえ、兄貴の何知ってんだよｗｗ》

えっと気にしないでいいから。ほんと楽しかったし。て、てゆーかいつから配信見てたの？

《ワインの兄貴：振り返り、最初から》

へえ……うふふ、へー、兄貴ちゃん、妹ちゃんの配信以外、見ないんじゃあなかったの～？

《ワインの兄貴：気になって》
《おっとぉこれは？　ふぉーりんらぶてきな～？》
《ワインの兄貴：陰口言われてないかって》
《秒でフラグたたき折ってて草ぁ……！　今更びびってて笑う》

言わないわよ！　陰口なんて。てゆーか、うん、あれでいいんじゃあないかしら。
ね、みんなも良かったわよね、兄貴ちゃんの配信の仕方。

《良かったで》
《畏れ知らずのとこがよかったわｗ》
《ワインの兄貴：え、よ、よかったの……？》
《演者本人が後から困惑すなｗ》
《その恐縮してる感を配信中で一ミクロンくらい出せたら今頃兄貴は引退せずにすんだのに》

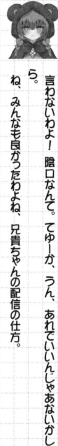

ちょ、まるであたしが兄貴ちゃんの無礼な態度にキレして、権力で潰したみたいじゃあないのよ！

《ワインの兄貴：オワタ　orz》

真に受けないで！　ギャグだから！　そういうギャグだから！

《ワインの兄貴：アルクって、こんなキャラだったっけ？》
《お　ま　え　の　せ　い　だ》
《ワインたんといいくまーといい、いい感じに兄貴に破壊されてるなｗ》
《てか、兄貴も成長したな。妹以外の配信に興味持つなんて》
《お、なんだもう後方腕組みカレシ面《づら》か？（後方腕組みカレシ面）》

確かに……うん、いいと思うわ。もっとVTuberに興味もって、いろいろ配信見たほうが、兄貴ちゃんのタメになると思うの。

《ワインの兄貴：わかった》

あ、でもかといって、今の無知な感じを失って欲しいわけじゃあないのよ？

《ワインの兄貴：わ、わからん……》

兄貴ちゃんは、そのままでいいと思うわ。変に意識せず、かといって緊張せず。ほら、途中からリスナーのことおまえ、とか言ったり、アタシに普通に絡《から》みに言ってたでしょ？あんな感じで気取らずしゃべってくれていいの。
それで、みんなもアタシも、嫌な雰囲気にならなかったでしょ？

《ワインの兄貴：確かに。それに……楽しかった》

そう、それよ。楽しい、すごく重要。Vが楽しく配信してる姿を、みんな見に来てるんだからさ。

《ワインの兄貴：わかった。ありがとう、アルク》

LIVE

＃4

寝落ちした妹（事故）の代わりに生配信する

アルクとの出来事があって数日が経過していた。

「うーむ……」

夕食の後、俺《おれ》はお皿を洗っていると……。

「おにーひゃん？　ろーしたろ？」

リビングのソファに座って風呂《ふろ》上がりの天使……おっと、妹のいすずが、アイスキャンディをくわえながら、俺に尋ねてきた。

「いやぁ……どうしようかなって……」

「なにを？」

「配信のさ、方向性みたいなやつ。どうしようかなって」

妹の配信映り込みから、そこそこ日にちが経《た》っている。零美《れいみ》さんがいっていた、デビュー日まで刻一刻と迫ってるなか……。俺は配信の方向性を決めかねていた。

「いすずみたいにゲームが上手い訳じゃあないし……かといってしゃべりが上手いわけでもない。どういうふうに視聴者を楽しませればいいんだろう……」

今はデビューだけが決まってる状態なのだ。最初の配信は、まあ自己紹介みたいな感じになるのだろう。だがしかし、デビューして、じゃあどんな配信をしていけばいいのか。それがまったくわからないでいた。

ほかのＶＴｕｂｅｒの人たちみたいに、自ら志願して入ったわけじゃあないし、やりたい方向性やコンセプトがあるわけではない。

とはいえ、せっかく見に来てくれてる人に、喜んでもらいたいしなぁ。

「むふふ〜♡」

「ん？　どうしたいすず？」

いすずがうれしそうに足をパタパタさせていた。

「うれしいですな。お兄ちゃんが、ＶＴｕｂｅｒ、やる気になってるみたいで」

「え、そ、そう……？」

「そうだよ。方向性に悩むなんて、やりたいって思ってる証拠でしょ？　どうでもいいんだったら、悩まないわけだし〜」

……そう、なんだろうか。うーん。

「やる気になって、るのかなぁ」

「そうだよ。義務感じゃなくて、仕事じゃなくて、お兄ちゃんがやりたーいって思ってるんだよ」

「うーん……どうだろう」

「ま、そのうち来るよ」

「なにが？」

「Vに、はまったって瞬間がね」

……はまる、か。まあここ数日、ＶＴｕｂｅｒに触れてきて、多少気になっている。

だがまだはまるってほどじゃあないんだよな。

デビュー決まってるから（＝仕事だから）、いろいろ考えてるわけだし……ううむ。

「大丈夫、なんとかなーる！」

……ま、そうだな。なんとか……なる……か！　うん。そうしよう……ていうか、そういうことにしておこう。今はそれより……

「いすず。明日のお昼ご飯、作り置きして置くけど何がいい？」

我が妹のお昼の献立を考えておかないとな。

「はえ？　なんで、お兄ちゃんが作ってくれるんじゃあないの？」

「妹よ……明日はテスト返却日なのだ」

「えー！　もう夏休みじゃあなかったのぉ！」

うん、俺もすっかり夏休み気分だったが、まだ休みに入っていないのである。

休み期間中はいすずに昼を作れたけど、明日はそうはいかない。

（ちなみに引きこもり期間のいすずのお昼は、親父《おやじ》が作ってくれたり、カップ麵等、備蓄してあるものですませてもらっていた。勉強あるからな普段は）。

「えー、休んじゃおーよ」

「………」

うん、休みたい。すごい休みたい。だって気分が乗らないから……。

学校では、どうやら俺＝ワインの兄貴であると知られていて、すごい盛り上がってる、らしい。

ラインがもううっとうしいくらい来るのだ。

もうめんどくさすぎて、詩子《うたこ》以外のラインは通知オフして見ないようにしてる。

でもここで休むか！　みたいなことはしない。言わない。どれだけ気が重くてもな。

そのときだ。

「ただいまぁ～ん♡」

「あ、パパ！　おかえりー！」

俺の親父がリビングにやってきたのだ。

親父は喫茶店以外にも、何か仕事を掛け持ちしてるらしく、外出することが結構ある。

どこで働いてるのって聞くとはぐらかされるんだが……まあ余計な詮索はしなくていいよな。

家族のために働いてくれてるのは事実なんだしよ。

「親父、飯は?」

「まだよーん」

「じゃ、すぐ温めるな」

「あらありがとーん♡　うふん、今日は何かしら?」

するといすずが笑顔で、元気よく答える。

「ラザニア!」

「んま!　そーきゅんのラザニア、あたくし大好きなのん♡　たのしみ～♡」

「おう。じゃ着替えてきなよ。その間に準備しとくぜ」

「はーい♡　そーきゅん、いつもありがとんとん♡　愛してるぅ～♡　ん～～～～まっ♡」

まったく、またいつものキモい投げキッスだよ。ったく……。

親父が出て行ったあと、俺は手を動かしながら考える。

……もしも俺まで学校行くことを嫌がったら、親父に心労をかけてしまう。

親父は俺たちの前では、あんなふうに明るく振る舞ってる。

おそらく俺が学校行かないとかいっても、その態度を変えることはないだろう。

……でも、心の中では、多分すごく心配すると思う。

前に一回、親父がいすずのお袋の仏壇の前で、泣いてるのを見たことがある。

俺らに見せてないだけで、いすずが引きこもりになってることで、胸を痛めているんだろう。

そこに加えて俺まで不登校になったら……どうなるかなんて明らかだ。

だから、俺はどんなに学校に行くのが憂鬱《ゆううつ》でも、学校へ行く。

親父に、そして妹に迷惑をかけたくないからな。……まあ気が重いことには変わりないが。

「おにーちゃんっ♡」

するといすずがそばに立っていた。にこっと笑うと、いすずが両手を広げる。

「いすず、応援します！」

「応援？」

「うん！　いすず……それくらいしかできないから……」

っと、やばい。顔に出てたみたいだ。俺がいろいろ考えてること。

駄目だな、俺は……いすずを守る立場なのにさ。心配させちゃあね。

「ふれーふれー！　おにーちゃん！　がんばれがんばれおにーちゃんっ！」

薄着でぴょんぴょんはねるものだから、胸がぶるんぶるんと揺れてる。

うむ、おっきくなったなぁ……。

「むー……お兄ちゃん、その顔やだ」

「え、なんで？」

「照れてよ！　女の子が乳揺らしてるんだよ？　ドギマギしてよー！」

「はは、いすずもあんなちっちゃかったのに、おっきくなったなぁ～」

「妹扱い〜！　やー！」

ははは、はーあ……うん。なんか元気でたわ。

ま、明日のことは明日考えよう。あんま考えすぎてもよくねーべや。

「ありがと、いすず」

「？　うん！　どーいたしましてっ」

☆

そして登校日の朝がやってきた。俺はアルピコ学園の玄関で靴を履《は》き替える。

「おっすー」

俺の幼なじみ、詩子が話しかけてきた。

彼女はバスケ部に入っており、スポーツバッグにジャージ上下というラフな格好。どうやら朝練があった様子。

「そーちゃん学校出てきたんだ。勇気あんね」

ともすれば皮肉に聞こえるけど、俺はそう感じなかった。

単に、学校出てきて大丈夫？　と心配してくれてるのだと思った。

「心配ご無用。テスト結果も気になるからな」

「ふーん……そか。偉いじゃん」

ぽんっ、と詩子が肩を叩《たた》いて先に教室へと向かう。

うん、やっぱ嫌みを言ってるようには思えなかった。純粋に、励ましてくれているのだろう。

昔からこいつはいいやつなのだ。

「そういや、おまえあんまいろいろ詮索してこないのな。ＶＴｕｂｅｒのこととか」

「あたしそれよくわからないし。それにあんたのことは、幼なじみのあたしがよく知ってるし、今更聞くことないでしょ」

「そっか……楽でいいよ。おまえといると」

「それはいい意味？」

「もちろん」

「ん。ならよし」

詩子とは付き合いが長いが、こういうまあまあドライなところは好感が持てる。付き合ってて楽なんだよな。

今もこいつが俺に無関心なところに救われてた。緊張が少しだけ抜けた。

「教室でさ、嫌なことが多分あるだろうけど、辛《つら》かったら愚痴にいつでも付き合うからね」

「おまえはなぁ、ホントいいやつだな。ありがとな！」

「……ホントは、いいやつで終わってほしくないんだけどね」

「ん？　何か言ったか？」

「べつにー」

ややあって、俺たちは教室へとたどり着く。

「…………」

やっぱりいろいろ聞かれるんだろうなぁ。めんどくさい……。帰りたい。でも……だめだ。もう家族のためにＶＴｕｂｅｒやるっていう覚悟を決めてきたんだ。こういう面倒ごとは、この先たくさん降りかかってくる。その都度逃げるわけにはいかねえ。

……そんなみっともない姿、いすずに、見せられないからな。

「よし！」

がらりと扉を開けた、そのとき先には……。

「塩尻《しおじり》！」『塩尻君だ！』『待ってたぞーーー！』

わっ……！　とクラスメイト全員が俺に押し寄せてきた。

その目はみんな、俺に向けられている。みんな興味関心をもっているのだ。

俺……というか、俺の妹いすずに。

「塩尻ー！　おまえなんで今まで隠してたんだよ！」

「いすずワインの兄貴ってこと、どうして隠してたわけ？　ずるくなーい⁈」

いや自分から言うべきことでもないだろう。

自分の手柄ならともかく、妹が人気なのは、妹のたゆまぬ努力があったからこそだ。すげえ妹の兄貴だからって、すげえのは妹。兄貴は何もすごくない……。

と、言いたかったのだが……。

「ワインたんの写真ない？　見せてよ見せて！」

「てゆーか昨日くまーとオフコラボしたんだろ？　いいなぁ！　写真見せてよ！」

前後左右からの質問攻め。

このクラスにいる全員の注目が今、俺に集まっている。

な、なんだこれは……。どこを見ても俺をみんなが見てくる。まるで檻《おり》の中のパンダ状態だ！

「はいはいみんなじゃまー」

ずいっ、と詩子がしっしと手を振って道を空けてくれる。

その隙に俺もまた、自分の席へと向かう。俺が通れるように人をよけてくれたんだな、まじでいいやつだぜ、詩子。

ぞろぞろとクラスメイトたちが来て、いすずやアルクのことを聞いてくる。

「リアルのいすずたんって、どんな感じなの？」

「てか昨日配信ってどういう経緯で決まったわけ？　誰にも言わないからこっそり教えてよ！」

次から次へ、矢継ぎ早に質問される。

こないだまで教室で空気だった俺が、今や文字通り中心にいる。

正直戸惑いしかないし、不信感しかない。

今も昔も俺は変わらず塩尻聡太《そうた》だったし、いすずワインこと、いすずの兄貴だった。

……だから、急に態度変えてきた彼らに対してあまりいい印象を受けない。

「あー、みんなそろそろ席についたほうがいいよー」

隣の席に座ってる、上松《あげまつ》詩子がクラスメイトたちにそう忠告する。

黒板上の時計はそろそろ八時三〇分になろうとしていた。

「騒いでたら先生から説教食らって長引くよ？　さっさと終わらせて帰りたいじゃん？」

確かに……といってクラスメイトたちが自分の席に戻っていく。

「あとでな！」「教えてな！」と彼らは名残惜しそうな顔を俺に向けていた。

いや、教える気ないし……。

やれやれ、と詩子がため息交じりに首を振る。

「みんなミーハーね」

「ありがとな、詩子。正直おまえだけだよ、信用できるの」

他のクラスメイトたちはどうにも胡散臭《うさんくさ》い。

こいつだけは、今も昔も幼なじみでいてくれる。

「そりゃどうも」

詩子はそっけない態度で返してきた。今の俺には、その無関心さが心地よかった。

「ん？　あれ、そういやクスミのやつ……見当たらねえな」

ひとつだけポッカリ空いた席は、俺を振った木曽川《きそがわ》クスミの席である。

なんだ、休みか？　まあ、気まずいので、顔合わせなくてラッキーだが。

☆

答案返却はスムーズに行われた。

俺は今回も全教科九〇点オーバー。これなら特待生でいられるだろう。ほっと胸をなで下ろすばかりである。

返却が終わるとその日の授業は終了。あとは終業式までしばしの休み期間となる。

「あー、塩尻？　ちょっといいか？」

答案返却が終わると同時に、俺は担任の先生に呼び出しをくらう。

小柄で、ジャージ姿の女の先生だ。

まあ……薄々、呼び出しくらう予感がしていたのだ。

「わかりました」

「おまえらは早く帰るように」

「「「えーーーーー！」」」

クラス中から不満の声が上がる。

「そんな！」「まだたくさん聞きたいことあるのに！」「ワインたんの写メはよ！」

「だめだ。おまえらは早く帰るように。教室に残ってたやつからは、一〇点ずつ期末の点数引いちゃうかもだからな」

不満そうなクラスメイトたち。

俺は担任の先生とともに教室を出た。

「すみません……ご迷惑をかけて」

「あー、いいっていいって。呼び出したのは実はあたしじゃないんだ」

「え？　違うんですか？」

「そう。理事長がお呼びだ」

は……？　り、理事長⁉

「お、俺何かやっちゃいましたか……？」

「さぁな。ま、理事長そんな怒ってなかったし、話だけ聞いてこい。途中までついてってやるから」

俺は担任の先生とともに、理事長室へ向かう道すがら、なぜ呼び出されたのか考える。

理事長に呼び出されるほどのこと、俺、しただろうか……？

いや、したか。ワインの兄貴として、活動してたもんな俺……。

でもここってバイトOKじゃなかったっけ？

VTuberはアウトってことか？　うわ……わからん。なんで呼ばれる？

「ついたぞ。天竜川《てんりゅうがわ》理事長、失礼します」

ん？　てんりゅうがわ……？

はて、どっかで聞いたような名字のような……。

俺が先生とともに理事長室へと入ると……。

「ハァイ、ソータ。昨日ぶりね」

「なっ⁉　あ、アルク……⁉」

理事長室のソファに座っていたのは、昨日一緒にコラボした相手、アルク・くまくまの中の人、天竜川アルクだった……。

……って。天竜川……まさか！

担任は帰っていき、あとには俺とアルク、そして窓際《まどぎわ》に座ってる初老の男の三人が残された。

「君が塩尻聡太くん、だね？」

ブラウンのスーツに身を包んだ、引き締まったボディのロマンスグレーな男が朗らかに言う。

この人が理事長……。で、アルクと同じ名字。ということは……。

「初めまして。わたしは天竜川アルクの父、天竜川峡十朗《きょうじゅうろう》という。娘が、お世話になっているね」

……え？　アルクのお父さんが、俺の学校の理事長だったの⁉

てか……まずくないか？

俺昨日……理事長の娘さんに、だいぶ失礼な口聞いたし、態度も……。

すまん……親父……いすず……兄ちゃん、学校辞めさせられるかもしれねえ……

☆

部屋の片隅にあったソファに、俺は座っている。

高級そうな革張りソファの座り心地を堪能《たんのう》する余裕もなければ、高そうなカップに入ったコーヒーを味わう気力もない。

目の前に居るのは、この学園の理事長だ。

そして俺の立場は、ただの一生徒である。

「昨日は、すみませんでした！　大変失礼なことをしでかしてしまい！」

俺はアルクとオフコラボ配信を行った。そこでまあ、結構なことを言ったのである。

妹のほうが可愛いとか。どうにも妹のことになると、熱くなっちゃうらしいな、俺。

娘が大事な親からすれば、頭にきてしょうがない。俺だって家族を馬鹿《ばか》にされたら怒るもんな。

ちゃんと謝ろう。

すると正面に座るアルクのお父さんは、きょとんとした表情になる。

その真横に座る娘が、苦笑しながら言う。

「パパは昨日のこと怒ってないわよ」

「え、そ、そう……なの？　いや、なんですか……？」

「敬語もいいわよ、パパの前だからって。あんたほんと面白《おもしろ》いやつよね」

「いやおまえほどじゃないくまーよ」

「リアルでくまはやめろくまー！」

そんなやりとりを見ていたアルクのお父さんが、ニコニコしていた。

まるで、何かとてもうれしい出来事が目の前で起きているかのようだ。

「えと、じゃあどうして俺は呼び出されたんですか、理事長？」

「そう固くならなくていい。それに、わたしのことは理事長ではなく、峡十朗とでも呼んでくれたまえ」

「いやいや！　恐れ多いですから！」

「かまわないよ。なにせ君は、この学園で唯一の、娘の友達だからね」

「唯一の……友達？　しかも、この学園って……」

アルクがため息をついて言う。

「あたし、この学園に通う生徒なのよ」

「ええ⁉　アルピコの生徒だったのか⁉」

「そ。といっても、通ってるのは中等部だけどね」

ここ、アルピコ学園は中高一貫校だ。

高等部のが有名だけど、中学から受験可能である。（特待生制度は高等部からなので、中等部には俺は通ってない）。

「おまえ何歳なんだよそういや」

「中学三年生、十五歳よ」

「そういや初めて会ったとき聞いたな。てか、中三でしかも登録者八二〇万人のＶなんてすごい」

「今は中学生でもＹｏｕＴｕｂｅで配信してる人はいるし、一〇〇〇万超えのＹｏｕＴｕｂｅｒはざらにいるじゃない。別に中学生で八二〇万でもすごいことじゃないわよ」

「いやどっちもレアケースなんだが……」

しかもピアニストとしても活躍してるんだろ？　やばすぎだろこいつ……。

ハイスペック女子中学生すぎる。

峡十朗さんは娘の肩を叩く。

「この子はこのとおり忙しい身で、学園生活を謳歌《おうか》できていない事を、父として教育者として歯がゆい思いをしていたのだよ。だから、君はぜひこの子の友達になってほしい、と思って呼んだのさ」

「そうだったんですね、わかりました。と言いますか、頼まれなくても、俺たちもう友達ですよ」

「とも……だち……」

「なんだよ、違うのかよ？　俺は少なくともそう思ってたぜ」

アルクが小さく、「そか……そっか！」といって何度もうなずく。

頬《ほお》を紅潮させながら、ふにゃふにゃと笑う。

「うん！　アタシたち友達ね！　これからもよろしく！」

こうして俺に、中学生の友達……というか、Vの友達ができたのだった。

☆

答案返却イベントを終えて、俺は学校から自宅へと帰ってきた。

……帰り、めっちゃ人が居て大変だったのだが、アルクが俺の家の近くまで、車で送ってくれて助かったわ。

「ただいまー」

親父は仕事で外に出ている。いすずの返事もない。寝てるのかな？

「………ふむ」

今日会ったこと話したかったんだがな。アルクと友達になったぜー、とか。あと学校ですごいいろいろあって大変だったー、みたいな。そういう話。

でも親父は仕事だし、いすずは多分寝てる。こういう話ができるの、ほかに詩子くらいだが、あいつは今部活中だ。

「ま、しょうがない」

俺は着替えるために二階へと向かう。すると、妹の部屋のドアが開いていることに気づいた。中からはゲームの音がする。

「あれ？　いすずいるのかー？」

……返事がない。おやどうしたんだろう。俺はいすずの部屋をノックし、中に入る。

「しゅぴぃ～……」

「いすず……ゲームの途中で寝ちゃったんだな」

ヘッドセットを付けた状態で、ノートパソコンの前で、寝息を立てていた。

しかも冷房ガンガンだよ。

「風邪引いちゃうぜ？　ちゃんとベッドで寝ような」

「やぁ～……はこんでぇ～……」

「はいはいっと」

妹の頼みを断れるわけない。つーか、妹が風邪引いてほしくないしな。俺はヘッドセットを外して、いすずを隣のベッドに運ぶ。

……さて、帰る前にゲーム画面を切ろうとして……。

「あ、あれ……？」

そのとき、俺は気づいた。

別のウィンドウに……いすずワインの２ＤＣＧが表示されていることに。

「も、もしかして……」

画面上には、コメントが流れている……。

《兄貴さんちーっす！》
《いえーい兄貴ぃ見てるぅ？》
《この声やっぱり兄貴だったかw》

あ、あれ……も、もしかして……。

「いすずのやつ……配信の途中だった……？　寝落ちってやつ……？」

《せや、マリカー中に眠ってもうたんや》
《みんなで起こそうとしても全然起きなくてなｗ》

「いや音のないコメントでどうやって起こすんだよ……」

《ド正論で草》
《いや兄貴助かったよｗ》
《ワインたんが風邪引くところだったぜ》
《よくあるおやフラだけど、兄貴なら問題ないなｗ》

とりあえず、状況は理解した。いすずがゲーム配信中に寝てしまったということなんだろう。
……し、仕事の途中で寝るってことと同じなんだが、いいんだろうか？

「わ、悪いなおまえら……配信見てくれてたのに、寝落ちしちまって」

《悪い？　なんで》

《せやな、むしろごちそうさま》
《寝落ちなんておいしいイベントじゃんか》
《ワインたんの寝息助かる》
「寝息助かる⁉」
り、理解できない概念が……。てゆーか、いいんだ……マジで自由だなＶＴｕｂｅｒ……。
「えっと、じゃあ切るな。いすずも寝ちまったしよ」
《いやいや続けましょうよ》
《せやで、こんなオモロ配信やめるのもったいない！》
《ワインたんの肉体を使った配信やろうぜ！》
「い、いやそれはさすがに……」
とはいいつつも、俺もコメント欄の人たちと同様、配信続けたい気持ちがあった。
いすずが起きるまで待っててくれた人たちに、いすずがごめんなさいする前に、配信終わるのはちょっと申し訳ないっていうか。

《兄貴しゃべろうぜえ！》
《兄貴の配信ずっとずぅっと全裸待機しながら待ってるんや！》
《ワイらをどんだけ全裸にして待機させればいいん？》
《変態集団かな？笑》

……俺を待っててくれてる、か。
なんだろう、ちょっと……ううん、かなりうれしい。
「そうだな。いすずが起きるまで……俺が場をつないでてもいいか？」
《キター！》
《ゲリラ兄貴配信や！》
《せな、拡散せな！》

☆

「てゆーか、冷静になると……駄目だな。他人のアカウント使って配信とか。こういうのなんていうんだっけ……？　アカウント乗っ取り？」

《まあ他人がやったらアウトだけど兄貴は兄貴やろ？》
《兄貴はワインたんの兄貴やで、何言ってるん？》

「いやおまえら兄貴言い過ぎだろ……。前から言いたかったんだが……」

言っていいんだろうか、という思いは不思議となかった。

「俺はおまえらの兄貴じゃあない」

そう、あくまでもいすずの兄なのだ。

「なんで知らないやつらに兄貴と呼ばれないといかんのだと」

……ここまで言って大丈夫かな。いや、たぶんだけど……。

《じゃあお兄ちゃん♡　って呼べば満足か？》
《なんで見ず知らずの男にこびねえといけねえんだよｗ》
《なんだ不満あるんか？　お？　これからは毎日お兄ちゃんってよぶぞ？》

……ほら、大丈夫。アルクも言ってたじゃあないか。

俺は、あんま、細かいこと気にせず自然体でいいってさ。

「勘弁してくれ。俺も顔も名前も知らんやつから、お兄ちゃんって呼ばれたくない。おまえらもそうだろ？」

《確かにそうだな、お兄ちゃんの言う通りだ！》
《さすがお兄ちゃん、よくわかってるね！》
《さす兄！》
《加速するいじりｗ》

……ふふ。

はっ、い、いかん……笑ってた。配信中、しかも妹のアカウントでだ。

「悪いな、笑っちまって。配信中だってのに」

《配信中に笑っちゃいけないなんて決まりないで？》

「いやでも、配信業って、金もらってやってる活動だぜ。仕事だろ？」

《別に楽しんで仕事してもええやん？》

《ワイは兄貴の言いたいことわかるで。仕事って辛いもんやしな》
《そう？　でも有名ユーチューバもいっとるやん、好きなことして生きていくって》
「まあそれが一番の理想だよなぁ。楽しんで、楽しませて、しかもお金まで稼げるなんて」
《今やっとるやんけｗ》
《兄貴向いてるよ、ＶＴｕｂｅｒ》
《ワイらに笑いと楽しい時間を与えてくれて、サンキューな》
《サンキューあっに》

……不思議な感覚だ。顔も名前も知らんやつと、俺は普通にしゃべれてる。
しかもそれだけでお金がもらえる。……不思議な仕事だ。
でも……嫌じゃない。
「いすずまだ起きないいんだけど……これからどうすればいいかな？」
《抱けー！》
《ワインたんを抱くんだー！》

「゛あ？　ぞ？゛」

《ぶちぎれw》

《まあ兄貴の大事な妹やもんな》

《冗談やて怒るなって》

「あ、ああ……すまん。どうにも妹関連になると、ちょっと熱くなっちまってよぉ」

《知　っ　て　る》

《くまーとの配信でよく理解した》

《こいつぁくせえ！　シスコンの匂いがぷんぷんするなってよぉ！》

「俺はシスコンじゃあない。妹が大好きなだけだ」

《節子あかん、それシスコンや》

《どう見てもシスコンです本当にありがとうございました》

あ、あれそうかな……そうなのだろうか……。いや、待て待て。

「どうすればいいかって話なんだが……」

《別になにもしなくていいんじゃね？》
《雑談枠とか普通にあるしね》
《せやな。兄貴の今日あったこととか聞きたいわ》

……そう言われて、俺はするっと、言葉が口をついた。

「あ、聞いてくれよ。今日さ～。学校行ったらやばくって」

気づけば、俺は今日の学校の出来事を話していた。学校行ったらめちゃくちゃ有名人になっていたとか。帰るときに人がめっちゃいてやばかったとか。

さっき家に帰ってきたとき、誰かとこの話共有したいな、と思っていた話を……。

俺は、普通に、視聴者相手にしゃべっていた。

《兄貴ちょー有名人じゃーんw》
《まあ一ヶ月経たずにこんだけ色々やらかしてたらね》

《つーかデビュー前からこんだけやりたい放題やってるVって初めて見たわw》
《それな。デビューのときにやらかすならまだしもな》
「デビューのときにやらかす人なんているのか？」
《おるで。胃カメラの映像見せたりな》
「い、胃カメラ⁉　やばすぎだろ……」
そんなふうにしゃべっていると……。
《そろそろ配信終わりの時間ちゃう？　二時間の枠だって話だもんな》
「え、嘘《うそ》⁉　もう終わりかよ……」
知らず、そんな言葉が出てきて、俺は自分で驚いていた。
思ったのだ。もっと、しゃべりたかったなって……。
《もっと兄貴とおしゃべりしたかったで》

《ほんまそれ》
《つーかこんだけ面白く雑談できるなら、自分で枠立てろよw》
そうだよ。別に、誰かの枠でしゃべらずとも、自分で枠立てて、配信すれば好きなだけしゃべれるし、視聴者と交流できるじゃあないか。
「うん。そうだな。悪いなみんな。今日は俺の雑談に付き合ってもらって」

《ええでー、楽しかったしw》
《本番も楽しみにしてるでーー！》

とそのときだ。

「おにーちゃん……」

「ん？　あ……い、いすずさん⁉」

俺の可愛い妹、いすずが起き上がって、俺の真後ろにいたのだ！

「ごめんいすず！」

《初手謝罪で草》

《勝手に配信ジャックしたらなｗ》

「おまえが寝てるのに部屋に勝手に入って、すまん！」

《もっとほかに謝るとこあるだろｗ》

《それってあなたの感想ですよね？》

し、しまった……そうだよ。いすずの配信を勝手に、我が物顔で使って、しゃべってしまった！

「いいね、最高だよ！」

しかし俺の予想に反して、いすずは笑顔だった。絶対怒られると思ったんだが……。

「いいのか？　だって自分の配信を、他人に乗っ取られたんだぜ？」

「お兄ちゃんは、他人じゃない、でしょ？」

ったく、うれしいこと言ってくれるじゃあねえか。そうだよな……俺たち兄妹なんだから……。

「いや兄妹だったとしても普通にアカウント乗っ取りはよくないな。ごめん！」

《まあでも身内だしええんとちゃう?》
《兄貴は結構律儀《りちぎ》やなぁ》
《さすがお兄ちゃん、かぁっくぃー》
「は?　いすずのお兄ちゃんだから。おまえらのじゃないから」
《兄と同じ反応で笑う》
《血のつながりやべえw》
《シスコンブラコンは兄妹ゆえにか》
「落ち着けってほら、もう配信おわるから。みんなにごめんなさいと、終わりのあいさつしよう」
「そうだね……ごめん!　みんな!　おつわいん!」
《おつわいん!　てか唐突に終わるなw》
《おつわいーん。まあでも楽しかったで》
《今日も兄貴絶好調で事故ってましたなw》

《これって事故にカウントされるのか？》
《ワインたんの枠やしノーカンやろ》
《デビュー前から、ほぼ全部事故ってて笑うw》

配信切り抜き④

兄が注目され古参ファン面するワインたん
【雑談配信／いすずワイン】

みんな聞いて！　さっきお兄ちゃんからラインが来てね、Ｖデビューが早まったって！

《まじか！　おめー！》
《てかワインたんまたキャラ忘れてて笑う》
《うはｗ　ついにデビューか！　楽しみですな》

うん、楽しみよ。楽しみなんだけど、ちょっと複雑だわ。お兄ちゃんのにわかファンが増えてしまわないかって。

《にわかファンて笑》
《さすが超古参勢》

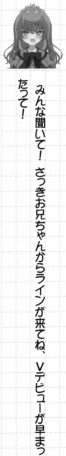

《そりゃ生まれた時からファンなんだからね》

そう！　お兄ちゃんがすごくてかっこよくて、優しくて頼りになる、超素敵な男性なのは！　確定的に明らか！　お兄ちゃんが配信することで、それらが知られるのは、世界の真理だけども！

《世界の真理と来ましたかｗ》
《最近ブラコン暴走してるなぁ。いいぞｗ》

お兄ちゃんのこと後から知ったにわか勢が、増えるの、やなんだよね。後から知ったくせにって。もちろん、お兄ちゃんが素敵なことを、たくさんの人に知ってもらえるのはうれしいけどさ。でもでも、有名になったら、いすずだけのお兄ちゃんじゃなくなるし……。

《愛しまくってるな、兄貴のこと》
《でもワインたんは兄貴のデビュー止める気ないんやろ》
《知られたくないなら止《や》めればいいのに》

LIVE

う……それは、そうなんだけどさ。でも……お兄ちゃん絶対にVTuberで上に行けると思う。そうすれば、パパも楽できるかなって。

《パパ？》
《ワインたんは父子家庭なんや》
《親父《おやじ》が飲食店なんだっけ》
《自営業なのか。金必要だもんな》

うん。お兄ちゃんのこと好きだけどさ、パパのことも好きなんだ。うちほら、最近まで経済状況がよくないみたいだったし……。だから、お兄ちゃんがVTuberやれば、もっとパパも楽できるかなって。

《ほんま健気《けなげ》なやっちゃ》
《兄貴も多分同じ思いなんやろうな》
《せやろな、兄妹で似るっていうし》
《ほんまワイン兄妹はええ子らや》

《推すで、ワイは》

ありがと……。でも、いよいよお兄ちゃんもデビューかぁ……。きっと、いすずのことなんて、あっという間に抜いてくんだろうなぁ。

《今日本でカミマツ先生並みに有名人だもんね》
《だれやカミマツ？》
《デジマスっていう化け物コンテンツの作者》
《あー、神作家の人ね》
《ワインたんは、兄貴に抜かされるかもしれないってことに対して、どう思ってるの？》

どうもこうも、当然でしょ。お兄ちゃんは配信の天才なんだし。

《天才か？》
《あんだけ素で語っても炎上しないのはある種の才能でしょ》

LIVE

《配信するたび大バズりしてるやん》
《バズ生産マシーンだもんね。たしかに才能あるかも》

でしょ。だから、別に登録者数で抜かされることについては、当然かなって思う。別にそれに対して、嫉妬とかもしないよ。純粋にすごいなあって思う。
……でも、さみしいなって思うこともあるよ。
いずれお兄ちゃんどんどん有名になって、いすずなんて追い抜いて、VTuberの王になる。

《王て笑》
《今真面目な話してるから黙ってろw》

そしたら、たくさんのVTuberや、YouTuberさんも注目すると思う。そうなったら、いすず、太刀打ちできないよ。いすず以上に、数字持ってる人や、有名人がいたら、そっちを優先するに決まってる。だってそのほうが、利益《りえき》につながるしさ。
そのうちいすずなんてほっといて、どんどん先に進んで行っちゃう……。だっ

ていすず、所詮……有名VTuberの妹ってだけだもん。

《泣かないでワインたん》
《兄貴関連だとほんま感情豊かになるよな》
《あの兄が妹より何かを優先するとは思わないよ》
《せや。ワインたんのこと忘れるわけないよ》
《妹バカの兄貴だけど、妹のことすごく大事にするやつってのは、配信でわかったしな》

うん……ありがと、共有したら少し楽になったよ。

#5 デビュー配信でもやっぱり事故る

妹枠で話してからしばらくして、零美《れいみ》さんから呼び出された。

どうやら俺《おれ》のＶＴｕｂｅｒデビューが、七月始動に早まったらしい。

俺としては別に反対する理由もなかった。家に早く金を入れたいしな。

そして、自宅に帰ってきたのだった。

「ただいまー」

「おにーちゃーん♡　おかえりーー！」

小柄な銀髪美少女、俺の可愛《かわい》い妹いすずが、笑顔で駆け寄ってきた。

ぴょんっ、と俺の胸に飛び込んできたいすずをキャッチする。

「ごめんなー、帰るのが遅くなって」

「…………」

「いすず？」

抱きしめてる彼女を見ると……。

目から、ハイライトが消えていた。

「い、いすずさん……？」

「……他の女の匂いがする」

背筋がぞっとするような声でいすずが言う。

「二人……アルクと、女社長の匂いもする」

「おまえは猟犬かよ……」

「ねえどこで会ってきたの？　浮気《うわき》？」

「８１２プロんとこだよ。浮気なんてしないから。俺はいすずビッグラブだぜ？」

「はう……ちゅき……♡」

まったく、可愛い妹だよ。大好きだぜ、この愛らしい家族のことが。

さて、俺たちは妹の部屋へと移動。

今日あったことを話す。

ベッドに座る俺、そして膝の上に乗ってる妹。

妹の頭をなでながら話してると、少しずつ機嫌が良くなっていった。

「呼び出しって、早まったってこと告げられただけ？　アルクはなんでその場にいたの？」

「偶然一緒になってな。そんで、今度もう一度コラボすることになった」

「ふーん……あそ」

ぷくっ、と妹が頬《ほお》を膨らませている。きゃわいい。

「ってことは、お兄ちゃんのデビュー配信のコラボ相手になったの？」

「いや、断ったよ」

「え……？」

どこかさみしそうにしていたいすずが、ぽかん……とした表情になった。あんま見ない表情だな。

いすずはハッ、と我に返って、慌てた調子で言う。

「な、なんで？　だって、登録者八二〇万で、ＶＴｕｂｅｒ四天王なんだよ？　記念配信の相手としては、十二分すぎるほどに足りる相手でしょ？」

俺の行動が、バカに見えたのかもしれないな。まあそう思われてもしょうがないよな。

でも、俺には目先のチャンスではなく……もっと大事なもんがあるんだ。

「初めては、いすず。おまえとがいいんだ」

「お兄ちゃん……」

この先同じように、好機が到来したとしても、迷わず俺はいすずを選ぶ。

だって妹が、大事だから、特別だからな。

「うう、うううぅうううう！　お兄ちゃん……好きー！」

妹が立ち上がって、俺に向かって抱きついてくる。

勢い余って、俺は妹に、ベッドに押し倒されるような形になった。

「好き、好き、好き……！　お兄ちゃん、大好き！　世界一愛してるっ！」

ぎゅーっと妹が俺を離すまいと、強く抱きしめてくる。

そんな妹が愛《いと》おしくて、俺は抱きしめ返した。

「いいの？　あたしで」

「もちろん。おまえがいいんだ」

「こんな引きこもりで重くてめんどくさい妹でも？」

「引きこもりで重くてめんどくさい妹が、俺は一番大事なんだよ」

「う、うっぅうう……おにぃぢゃあぁんうれびゃぁあああああ！」

しばらく泣いてる妹の頭を、俺はよしよしとなでる。

こんな手のかかる妹が、愛おしくてたまらないのだ。

まあ、何はともあれ、俺はVTuberとしてデビューする準備が整った。

さあ、俺たちの戦いは……これからだ！

☆

それからしばらくしてついに、ワインの兄貴こと、俺のデビュー配信当日になった。

その前の日に、俺はツイッターを開設。

【いすずワインの兄です。明日、一九時にデビュー配信をいたします】

《きたー！》
《完全に事務連絡w》
《すっげえ楽しみ！》

俺のツイートは瞬く間に拡散されていった。ネットニュースはもちろん、ＳＮＳのトレンド、ユーチューブにも。

ワインの兄貴のデビューを心待ちにしていた人たちから、俺はフォローされまくった。

開設からわずか1時間足らずでツイッターのフォロワー数は万を余裕で超えた。

また、ユーチューブチャンネルもその日に開設された。

瞬く間にチャンネル登録者数は増えていき、まだデビュー配信していないというのに、登録者は一時間で三〇万人を超えた。

リアル・ネット問わず、著名人たちもワインの兄貴のデビューに注目している。

《兄貴登録者数三〇万人行ったって！》

《早いよｗ》
《まだ配信してないのにこの人気っぷり、やはりすごい》
《今日も配信事故やってくんねえかなぁｗ》
《今んとこ配信全部事故ってるしな》
《いいか、事故るんじゃないぞ、絶対事故るんじゃないぞｗ》

そんなこんなあって、七月二〇日、夜。世間の注目を一身に浴びる中……。
ワインの兄貴はついに、デビューの瞬間を……迎えようとしていたそのときだ。
一九時、つまり配信直前になって、こんなツイートを、俺がしたのだ。

【すみません、今日のデビュー配信ですが、中止します】

《アルクSide》

兄貴がデビューする日の、二〇時。
アルク・くまくまこと、アルクはゲーム配信を行っていた。
「うーん……」
《どうしたのくまー？》
《上の空じゃない？》
《その割には元気にキルしまくってるけどなw》
「いや……どーにも解《げ》せないというか……」
《解せない？　なにが？》
「ワインの兄貴ちゃんのことくま。配信中止だなんて、みんなはどう思ったくま？」

直前になっての配信ドタキャンなんて、絶対にあり得ないことだ。
ましては今日はデビュー配信。
前日からネットは大盛り上がり、ここで配信しないなんて……。

《さすがになんかあったんだろうって、心配になったよね》
《どうしたんだろって思った》

「だよね！　心配だよね。どうしたんだろう……」

《おまえらはなに、兄貴のママですかw》
《多分よほどのことがあったんだろう》
《ワインの兄貴は配信すっぽかすような人じゃない。誠実なやつだからな》

世間の、今回の配信中止に対するリアクションは、ネガティブな意見がほとんどなく、むしろ、彼の身を案じるコメントばかりだった。

《事故ったのかな》

《リアル事故w》
《おい不謹慎だぞ》
《ワイは心配やで。なんかトラブルに巻き込まれてるんじゃあないかってさ》
「……くまーも、そう思ってるくま。ほんと、どうしちゃったんだろう……大丈夫かな……」
《くまーたん、語尾忘れてるでw》
《兄貴と関《かか》わってからキャラ崩壊する回数増えたよな》
《ワイはこっちのくまーのほうが好きやでw》

一九時に配信中止の知らせを聞いて、今は二〇時。
アルクはスマホを何度も見やる。聡太《そうた》とは連絡先を交換している。
ラインは、もうすでに送った。でも既読にならない。……嫌な予感が脳裏をよぎる。
事故や事件に巻き込まれたんじゃないか……
「……やだ」
《くまー？　やだって？》

《ばっかおまえ、兄貴が心配なんだろ?》
《そんなに心配なら、直接電話して聞いてみたら?》

高速で流れていくコメントの中に、アルクは見た。

電話をかける。……そうだ、それだ。

「そうだね！　ちょっと聞いてみるよ！」

《いいぞかけろかけろ！》
《兄貴！　おれだー！　返事してくれー！》

アルクにとって聡太はもう、特別な存在なのだ。

同業者で、友達で……それでいて……きになる男性《ひと》。

そんな彼が意味深な発言をして、一時間も返事がない。何があったのか。

パソコンで配信をつけたまま、アルクはディスコードで通話をかけてみる。

ディスコードとはSNSサービスのひとつだ。ラインのようにメッセージを送ったり、通話ができる。

数度のコールの後……。

『アルク？　どうしたんだ？』
《きたー！　兄貴いぃい！》
《生きてたんかわれぇ！》

アルクは、配信中であることを完全に忘れていた。

自分の言動を、みんなが見ているということも、頭の中から消えていた。

彼が、無事だった。生きていた。それだけがうれしくて……。

「ひっく……ぐす……生きてた……生きてたぁあああ！　うぁあああああああん！」

思わず、彼女は人目もはばからず（ネットだが）、号泣《ごうきゅう》してしまったのだ。

ベテラン配信者で、超人気者、トップとしての余裕を持っていた、あのアルク・くまくまが。

配信中に泣いたのだ。その部分を、配信中だというのに切り抜かれて、さっそくＳＮＳ上に拡散。

そこから、アルクの生配信にワインの兄貴が登場したことが、ネット上で拡散されまくる。

アルクの配信の同接数は、とんでもない桁《けた》数になっていた。

だが当のアルクからすれば数字の伸びなんてどうでもよかった。

やっとできた対等な友達が、無事だったことが本当にうれしくって……。

彼女は、配信者としての仮面を外して、聡太と話していた。
「もう！　なんでライン返さないのよ！　なんで急に配信中止なんてするのよ！　馬鹿《ばか》なの⁉」
『す、すまん……え、泣いてるの？』
「泣いてない！　ばかっ、ばかっ、もうっ……心配したんだからぁ……！」
《キャラ崩壊が著しいぞw》
《ツンデレヒロインか？》
『す、すまん……心配させちまってたようだな。悪い……』
「……うん。でも、いいよ。あんたが無事で……うれしい」
《くまーがデレただと⁉》
《畜生！　モテ男がぁ！》
《おいそこ代われ！　わいがくまーたんにデレてもらうんや！》
アルクはコメント欄のことも、配信のことも頭になく、彼の無事を心から喜ぶ。

そして当然の疑問を口にする。

「あんた……どうして配信ドタキャンしたの？　炎上狙《ねら》いのマーケティングだったら殺すわよ？」

『……怒らない？』

「怒る」

《即答で草ぁ！》

《そらそうだ、くまーずっと心配してたんだし》

『怒るなら言いたくないんだけど……』

「言え」

『あ、はい……』

……アルクの同接数は、五〇万を超え、まだまだ伸び続けている。

SNS上で、ユーチューブ上で、誰もが彼の次の発言を待った。

そして……答えが提示される。

『妹が風邪、引いたんだ』

《は？　風邪？》
《風邪で配信すっぽかした⁉》
《なんつー理由だｗ》

聡太からの返答を聞いて、アルクもコメント欄も困惑していた。

「妹さん……いすずちゃん、風邪引いたの？」

『ああ。インフルだってさ。時期外れの』

《それはお辛《つら》い》
《インフルって冬なるもんじゃないのか》
《妹病欠でなんで兄貴も休むんだよｗ》

「そうだったの。大丈夫？」

『ああ。お医者さんに来てもらって、タミフルを処方してもらって、飲んだから大丈夫になった。今は落ち着いてるよ』

《朗報ワイン兄妹生存！》

《まさかの往診。起き上がれないくらい病状悪かったのかな？》

「なんでいすずちゃん、病院いかないの？」

なかなかに、プライベートな質問だった。

だが彼は、自分がアルクを心配させてしまったという負い目があったから、正直に答える。

『あいつ……外出るのが、怖いんだ。あいつの母さんが死んでから、ずっと引きこもってるんだ』

《まじか！　衝撃の事実！》
《いや初の配信事故のときに母親死んだって言ってたろ》
《でもまさか、そこまでトラウマになってたなんて！》
《ワインたん、わいんたーーーーーーーーん！》
《母親の死がショックで引きこもったってことか？》
『あいつの母親、病気で死んじゃったから、いすずも病気に対してすっげえトラウマ抱えてよ。自分も母さんみたいに死んじゃうんじゃないかって……まあその逆もあるんだけどさ』

《兄貴が風邪引いたときも大変そうだな》
《ワインたん、かわいそう……》

「そっか……じゃあ、あんた、いすずちゃんのそばにずっといるから、配信できなかったのね」

『ああ。楽しみにしてたみんなには、申し訳ない。これがチャンスだってことも、チャンスを棒に振ったことも、わかってる。でも……俺に後悔はない』

きっぱりと、彼は言う。心から直接にじみ出てるような、純粋無垢《むく》なる言葉を。

『俺にとって一番大事なのはいすずだから。何があってもあいつを優先させてもらう。たとえ、最大のチャンスを棒に振ることになっても、譲れないんだ。たとえファンから見限られてもな』

《兄貴ぃいいいいいいい！　おまえぇええええええ！　見限るわけないだろおぉお！》
《兄貴、見直したよ。あんた兄貴キャラを演じてるんじゃなかったんだな》
《まじの兄貴だったんだな》
《母親がいなくてさみしい思いをしてる妹のために、ほんまこいつ頑張ってるんやな》
《わいは応援するで！》
《わいもや！　一生応援するで兄貴ぃいいい！》

同時接続数は、なんと三桁万人を突破した。

この配信を見ている全員が、ワインの兄貴の事情を知った。

そのうえで、誰もが彼に同情と、そして称賛を送る。

誰ひとりとして、彼が配信をドタキャンしたことに対して、ネガティブな反応を示していなかった。

……アルクだって、感心していた。泣きそうなほど感動していたのは内緒である。

『これからどうしよう……デビュー配信ドタキャンしちゃったし、みんな怒ってるよな……』

落ち込む彼に、アルクは優しく微笑《ほほえ》む。

アルク・くまくまではなく、天竜川《てんりゅうがわ》アルクとして。

「大丈夫よ。事情を説明すればわかってくれるわ。だってあんたは正しい行いをしたんですもの」

アルクは自分が、なぜ聡太のことを気に入ってるのか自覚した。彼は本当に純粋なのだ。

思ったことをそのまま口にしてる、ともすればバカに映るかもしれない。でも……アルクはそんな聡太の純粋なところを気に入った。裏も表もなく、ただまっすぐに、思いを伝える、聡太のこと……アルクは気に入ったのである。

《これは正ヒロイン》

《えんだぁあああああああいやぁあああああああああああ！》
《わい、くまーに男できるの絶対反対だけど、兄貴ならいいかなって思うわ》
《祝福するでわいは！》
《ワインたんと修羅場になりそうだけどなｗ》

「ほらみんなもそう言って…………………………………………あ」

さぁ……とアルクの血の気が引く。

こと、ここに至って、ようやく彼女は、自分が配信中であることに気づいた。

『ど、どうしたアルク？』

「ご、ごめん……配信中だった」

『は？』

「アンタとの会話、全部聞かれてた……」

『ちょ、えええええええええええええ⁉』

《聡太Side》

俺こと、ワインの兄貴は、デビュー配信をドタキャンした。会社にも、そして何より家族にも大迷惑をかける行為だ。でも、俺の決断は早かったと思う。

ドタキャンの理由が、妹がインフルにかかったからだ。

幸いにして大事には至らなかったが、病気の妹がいるのに、配信はできなかった。

ベッドで辛そうにしているいすぞの手を、俺はぎゅっと握り続けた。

そしてだいぶ落ち着いてきたな、と思った二〇時頃。

心配したアルクから掛かってきた個人通話で、俺はドタキャンの理由を話した。

……しかしその言葉は、うっかり配信中であることを忘れていたアルクを通じて、全世界に配信されていたのだった。

俺は自分の部屋でスマホ片手に、アルクと会話する。

「は、配信って……繋《つな》がってるの、これ？」

『う、うん……ごめん……』

俺は試しに、ノートパソコンを開く。

アルク・くまくまのユーチューブチャンネルへと飛ぶと……。

《いえーい兄貴見てるぅ！》

《今兄貴の兄貴なところが、全世界に向けて配信されてるとこだぜw》

ものすごい、コメントの数。

同時接続数も、三桁万人を超えていた。なんだこの数字っ⁉　いや、VTuberの四天王の配信だから、こんなにも伸びるものなのか……？　いやだとしても、異次元すぎるだろこの数字！

『みんなあんたのこと、心配してたんだよ。急にキャンセルなんてするからさ』

「そ、うか……よかった……」

コメントの感じから、みんな俺といすずのことを気遣ってくれてるようだった。

「あの……アルク。この枠で、謝ってもいいか？」

『別にいいけど、自分のとこでやれば？』

《せや、スパチャ投げられるし！　接続数も増える！》

《チャンネル登録者数の稼ぎどきだろ！》

「いや……初配信は、いすずとやるって、あいつと決めてたから。だから……今はできない」
《たとえチャンスを棒にふろうと、妹との約束を守るなんて！　いい兄すぎるだろ！》
しかし……そうか。みんな、俺のこと心配しててくれたんだ。アルクも、視聴者のみんなも。
まさか俺がこんなふうに他人に影響を与えるようになるなんて、思ってなかったからさ。
いや、これは言い訳だな。悪いことしたんだから謝ろう。
「なんか……マジでごめんなみんな」
《ワインたんの看病に専念してくれ！》
《ちくせう！　スパチャは！　スパチャは送れないのか！》
《この兄妹に支援物資を送りたい！》
「い、いや……気持ちはうれしいが……気持ちだけで十分だから」
《謙虚やなw》

《支援したい！　スパチャしたい！》
《ばか、くまーに課金してどうする。ここはくまーの配信だぞ？》
《くそぉおお！　スパチャ解禁はまだか！》

な、なんなの……？　なんでこんな、お布施《ふせ》したがるの？
「い、いや……だからお布施は結構だって」

《おふせw　何時代の人だよw》
《スパチャさせろ！》
《かーきーん！　かーきーん！》

「いやいや、だからなんで⁉」
『あ、欲しいものリスト作っといたわよ。みんなこっちに送ってあげて』
おいいいいいいいいいいい！
画面にアマゾンのリンクが張ってあった。
欲しいものリスト、といって、匿名でアマゾンの品物を送れるサービスだ。
米やら水やらが載っている。アルクが作ってくれたのだろう。

宛先はさすがに、812プロの事務所宛だったが……。

《今すぐ支援だ！　米を送れ！》
《現金の支援はどうやってすればいいんですか！》
「いや、いやいや……！　いいって！　十分だから！」
《もっと送れってことですねわかります》
《スパチャ解禁が待ち遠しいですな笑》
「だからおまえら！　なんで俺にそんなもの送りたがるんだよ！」
《兄貴の状況知っちゃったからね》
《か、勘違いしないでよね！　ワインたんに栄養つけてほしいからなんだからねっ》
《結局兄貴にも物資が行く定期》

そんなふうに視聴者にいじられてる俺に、アルクが申し訳なさそうな声音で言う。

『というか、ほんとごめんね。配信事故して……』
「いや、まあ……ミスは誰にだってあるから、しょうがないよ」
《さすが全配信やらかしてる男。通ってきた修羅場の数が違う》
《兄貴が言うと重みが違うねw》
「おまえらうるさいよ！」
『でも……ほんとによかったわ、あんたといすずちゃんが無事で』
「悪かった、その……泣かせちゃってよ」
『ほんとよ！　もうっ、もうっ、絶対許さないんだから！　次はちゃんと、何かあったらすぐ連絡してよね！』
《カップルで草》
《畜生！　でもくまーの彼氏が兄貴なら仕方ない！》
「いやいやいや、カップルって。別に付き合ってないし」

《付き合いラブラブカップルの痴話げんかです、本当にありがとうございました》
「いや、何をどう解釈すれば、俺とアルクが付き合ってることになるんだよ。なあ？」
『…………』
「あれ？　アルクさん？　聞こえてますか？」
『聞こえてますわよばーーか！　ふん！　あんたなんて嫌いよ！』
《好きなんですねわかりますw》
《ツンデレで草》
《てかすでにくまーキャラ崩壊してますねw》
　あー……確かに。いつも明るく、語尾にくまーをつける、アルク・くまくまじゃなくなっていた。そこにいたのは、仮面を外した天竜川アルクだった。
《キャラチェンで草》
《くまーはこっちのキャラの方が需要あるよ。数字が物語ってる》

……ん？

「『数字？』」

「なあ、アルク。数字って……」

『え、えええええええええええええええええええええええ⁉』

「ど、どうした⁉」

『あ、と、と、登録者数が……九五〇万人、なってた』

登録者数……九五〇万人⁉

俺は開いたままのアルクのページの登録者数を確認する。……ほんとだ。

「す、すげえ……」

『こんなに増えてる……一日でよ？』

「や、やばいな……さすがＮｏ．１」

《どう見ても兄貴効果やろｗ》

《同接一〇〇万人超えてるんだぞこの配信》

「いや別に俺なにも……てか、なんかやっちゃったか？」

《なろうだ、ワイン兄太郎だｗ》
《どうみても兄チートのおかげですね》
《ＶＴｕｂｅｒ兄主人公で、だれかなろうで小説書いてくれよｗ》
《誰が読むんだよそんな小説ｗ》

「と、とにかく……だ。心配かけて悪かったな」

『気にしないで。いすずにお大事にって言っといて。それと真のデビュー配信、楽しみにしてるわ。じゃあね』

かくして、俺の初配信は、またも配信事故に終わった。

いすずの体調が万全になったら、改めて配信し直すことになったのだった。

配信切り抜き⑤

風邪引いた日のワイン兄妹【雑談配信／いすずワイン】

こんばんワイン、みんな、いすずワインだよ。

《ワインたん！　元気になったかー？》

《よかったぁ！　すっごい心配したんだよぉ》

うん、みんなありがとう、それと……ごめんね。急にインフルエンザにかかっちゃってね……。はぁ……すごく辛《つら》かったなぁ。

《わかる。インフルってめっちゃ辛いよね。節々めっちゃ痛くなるし》

ううん、そっちじゃないの。お兄ちゃんにね……デビュー配信、休ませちゃったこと。

《さすがブラコン》
《兄貴ってまじで兄貴だよな、妹のために配信休むとかさ》
《立派な兄貴なんだなって、ワイは感心したで》

うん、でも休ませちゃったでしょ？　いすずのせいで、それがね、すごく辛かった……迷惑かけたくなかった。……いすず、いつもそうなんだ、いっつも、お兄ちゃんに迷惑かけてばっかり……。

《そんなことないよ！》
《せや、家族のためにVやっとるやんけ！》
《それに兄貴がＶＴｕｂｅｒになったのもワインたんのおかげやん！》
《迷惑かけてばっかりじゃないよ！　兄貴だって気にしてなかったでしょ？》

うん……そうなの、全然気にして無かった。いすずにね、言ってくれたの。勘違いするなって。『おまえのせいでなんて思ってない。負担じゃないよ。俺《おれ》は好き好んで、おまえのために、やってるんだからって』

《なんつーできた兄貴。聖人かな？》
《いやでも見上げたもんやで》
《ワイも妹おるけど、ここまで尽くしてやったことないわ。ほんま優しい兄貴なんやな》

うん、優しくて、最高のお兄ちゃんなの。昔の話なんだけどね、ママが死んじゃったときに、言ってくれたんだ。『だいじょうぶ！　おれがいる、ずっとずっとおまえのお兄ちゃんとして、おまえのそばにいるよ！』って。……自分だって悲しいはずなのに、お兄ちゃんは泣いてなかった。

《全ワイが泣いた》
《兄貴ぃいいいいいいいい！》
《兄貴ってなんなの、話題に出るたび株がぐんぐん上がっていくんやけど》

お兄ちゃんがね、昔も今も、変わらずお兄ちゃんでいてくれるのがね、いすずにとってすっごくすっごくうれしいことなんだ。インフルで死にそうになってたけど、配信キャンセルさせちゃってめちゃくちゃ辛《つら》かったけど……。お兄ちゃんのいすずへの愛情が感じられてね、心は……すごく、ぽかぽかしてたかな。

《これは惚《ほ》れてもしかたあらへんわ》
《ワインたんが惚れるのも無理ない》

そう！ こんなかっこよくって素敵なお兄ちゃんがいるんだもん、惚れてもしょうがない！

《急に元気で草》
《でもワイは、元気になったワインたん見れてほくほくや》
《これからもそのブラコンキャラでずっといてほしい》

ブラコン……うん、ブラコンだよね。あくまで、兄妹として……好きだよね。

《おん？　どうしたん？　まだインフルの影響が？》

あ、ううん！　そっちは大丈夫。もう元気になったから、これからもバンバン配信していくよ！

お兄ちゃんもね、日を改めてデビュー配信するってさ！

《楽しみや》

《まあもうデビュー配信で事故ったんだから、もう事故らんやろ（フラグ）》

じゃあちょっと早いけど、これで終わりね。おつワインー！

《おつー！　ご自愛ください～》
《兄貴のワイらの好感度ガン上がりエピソードやったな》
《これでまたバズるんだろうなぁ》

それにしても、はー！　もう今回のお兄ちゃんちょ～かっこよかったぁ！　やっぱお兄ちゃんしか勝たん！　お兄ちゃんはいすずの嫁！

《ちょｗ》
《ワインたんまた切り忘れてるｗ》
《また事故るでｗ》

あわわわ！　い、いいい今のちがうから！　お兄ちゃんと結婚したいとか異性として好きとかそういうんじゃあないから！

《ていうネタねｗ　わかりますｗ》
《ワインたんはブラコンやなｗ》

＃6 真デビュー配信でも当然のように事故る

デビュー配信失敗の二日後。
俺《おれ》の通う私立、アルピコ学園は明日から夏休みだ。終業式の日。
『塩尻《しおじり》どこいった？』
『ホームルーム終わった後忽然《こつぜん》と姿消したよなあいつ』
遠くから、クラスメイトたちの声がする。
俺は息を潜《ひそ》めながら、やつらが通り過ぎていくのを待つ。
『くっそぉ！　今日は塩尻にお近づきになる、夏休み前最後のチャンスだったのに！』
『もう家にかえっちまったんじゃないか？』
『くっそぉお……せめて生ワインたんの写真だけでも見せて欲しかったぁ……』
落胆するクラスメイトたちの声が、どんどんと遠ざかっていく。
ほどなくして、こんこん……。
『そーちゃん。行ったみたいよ』
ぎぎぎぃ……と俺はロッカーを開ける。

俺がいるのは女バスの部室だ。

ここ、私立アルピコ学園はスポーツ強豪校であり、部活ごとに大きめの部室がある。

女バスの掃除用具入れの中に、俺は入っていたのだ。

「そーちゃんも大変だねぇ」

パイプ椅子《いす》に座ってスマホをいじってるのは、俺の幼なじみ、上松詩子《あげまつうたこ》。

ショートヘアに童顔に、ぱっちりとした目が特徴的だ。

「すまん、詩子、助かったよ」

「ん。別に～。有名人も大変だね」

ちなみに今日女バスは練習がない。

俺がロッカーに隠れてる間も、じっと息を潜めていたし、入り口には清掃中の張り紙をしてたので、間違って人が入ってくることもなかった。

そんでこれらの段取りは全部、詩子がやってくれた。

「まじで助かったよ……持つべきものは幼なじみだわ」

「はいはい。じゃ、帰ろっか」

詩子はエナメルバッグを肩にかけて、部室を出て行く。

この幼なじみは他のクラスメイトたちと違って、俺に対してあれこれと詮索してこない。

適切な距離を取ってくれる。だから、一緒に居て心地良いのだ。

☆

部室を出た後、俺たちは電車に乗って移動。

「なんか今日、電車混んでないか？」

「まー、夏休みだからね」

周りを見渡すと人ばかりがいる。

結構ぎゅうぎゅうに人が押し込まれており、俺たちは窓際《まどぎわ》に追いやられていた。

俺のすぐ目の前には詩子《うたこ》がいる。

正面には彼女の整った顔、そして……突き出た胸が。

ぎゅーっ、と後ろから押されるたび、詩子の胸に俺がよりかかってしまう。

「す、すまん……」

制服越しとはいえ、彼女の大ぶりなおっぱいの感触が伝わってくる。や、柔らかい……。

だが彼女は特に気にした様子もなく、ずっとスマホをいじってる。

「ご、ごめん……」

「なにが？」

「いや、胸がほら……」

「あー……まあ、混んでるししゃーないでしょ」

「お、おう……」

マジでドライだなこいつ……。

けれど、別にマシーンってわけじゃない。

詩子は暇さえあればスマホをいじってる。

けれど時折、くすくすと笑ったり、ちょっとうるっとしたりしてる。

「ま、前から思ってたけど……おまえいつもスマホで何してるの？　ソシャゲ？」

きらん、と詩子の目が輝く。

「デジマス読んでるの！　今ね、ちょーーーー面白《おもしろ》くってさぁ！」

そんなふうに雑談してると、ほどなくして最寄り駅に到着。

俺たちは階段を降りて、改札をくぐる。

駅前のコンビニへと、俺たちは何も言わずに入る。

詩子がガリガリ君を二本手に取って「ん……」と渡してくる。

俺は特に反論せずそれを受け取り、レジで会計を済ませる。

ドアをくぐって、コンビニ前で待ってる詩子のところへ戻る。

彼女は依然としてスマホをじーっと見つめていた。どんだけデジマス好きなんだよ。

「あいよ」

俺は袋を破ったガリガリ君を渡す。

今日の迷惑料だ。俺たちの間には暗黙の了解がある。

こいつに何かしてもらったときは、アイスを奢ると。

「すまんな」

「え、なに？　改まって」

「いや、改めて、幼なじみって貴重だなぁって思ってさ」

詩子は俺が困ってると、普通に助けてくれる。

フォローをいれ、しかもアイス一つで、許してくれる。

後腐れもない。あんまめそめそもしないので、すごい……一緒に居て楽だ。

「どうしたのそーちゃん。きしょいよ」

「人がせっかくほめてやってるのに……」

「え、これほめてたの？　ないわー。もっと女子が喜ぶような台詞《せりふ》言わないと」

「美人だねとか？」

「そーそー。ほらそーちゃん、あたしのいいとこいってみ？」

「えー……おっぱいがでかい」

「はい失格ー」

スマホから目を上げて、けらけらと詩子が笑う。

笑うと可愛《かわい》いんだよなぁこいつ。

「やれやれ、この調子じゃそーちゃん、いつまでたっても女できないなぁ。しょーがない、三〇になっても女ができなかったら、あたしが結婚してやってもいいよ？」

ふふん、と得意げに鼻を鳴らしながら詩子がそんなことを言う。

前からこんな感じで、女できなかったら云々《うんぬん》いってくるのだ、こいつ。

「バカ言え。俺にだって、女の友達くらいいる」

「え⁉　う、うそ……女友達いるの⁉　あたし以外に⁉」

ずいっ、と詩子が顔を近づけて聞いてくる。な、なんだこいつ急に……。

「あ、ああ……ほら、最近ＶＴｕｂｅｒ事務所入ったろ？　そこの先輩」

「あ、な、なぁーんだ、同業者じゃん。それはビジネスの間柄だ。だめだめノーカンよ」

デジマス以外だと、あんまり他に関心のない我が幼なじみが、動揺していた。

珍しいこともあるもんだな。

こほん、と詩子が咳払《せきばら》いした後に言う。

「でも……そっか。そーちゃん、女の人と絡《から》む機会が増えるんだ」

「まあ、夏休みだし、事務所に所属したしな」

「ふ、ふーん……。その人と、つ、付き合うとかすんの？」

詩子がスマホ見ながら、けれどちらちらこっちを伺いながら言う。

……どうでもいいが、スマホが上下逆だった。なにそれ読めるの？

「付き合うわけないだろ。相手は有名Vだぜ？　付き合ったらそれこそ大騒ぎだろ、世間は」

「うんうん、そーちゃんみたいなパンピーは、パンピーの女と付き合うのが一番だと思うよ！」

今一般人のことパンピーっていうのかな……。

「と、ところで……さ。夏休みって、ずっとＶＴｕｂｅｒ活動するわけじゃないんでしょ」

「そりゃ、まあ。あと店手伝うくらいかな」

「そんな四〇日間ずっとじゃあないでしょ。ならその……あれだ。遊びいかない？」

「遊びなぁ。またおまえとおまえの兄貴と三人で？」

「……違うし。二人でだし」

「え⁉」

かぁ……と詩子が顔を赤くして、首を横に振る。

「誤解しないでねっ。あたしのお兄ちゃんカノジョできたから、二人でって言ってるだけだから」

「あ、そ、そう……」

なんだ変な意味かと思ってた……。

「あれ？　お兄さんいつの間にカノジョできたの？」

「最近急激にモテだしてさ」

「へえ……」

あのあんまりガツガツしない感じの人に、カノジョが……へえ……。

「で、どうなのよ」

「そうだな。まあ暇なときに、暇つぶしに付き合ってくれ」

「しょ、しょうがないなぁ～。詩子さんが付き合ってやっか～」

「おまえ自分から頼んでませんでした？」

「うっさい」

詩子がコンビニのゴミ箱に、アイス棒を捨てる。

「デビュー配信、今日に延期したんだっけ」

「ああ、今日の夜から」

「まあその……ほどほどに応援してるよ。がんば」

ひらひら、と詩子が手を振ると、エナメルバッグを背負い直して去って行く。

「ほんと、今日はありがとなー」

「アイスでチャラだから、それもーいいって」

ほんと、気安いやつだ。

配信者《どうぎょうしゃ》じゃないから、ライバル意識とか持たなくていいから、楽に付き合えるし。配信がんばれ、か。

「よし、帰って配信の準備しよ」

☆

七月二十二日。二日遅れてしまったが、初配信が放送されることになる。

いすずの夕食を作って食べさせ、食器を洗っていたそのとき。

PRRRR♪

スマホには、812プロの社長、零美《れいみ》さんからの着信があった。

「あ、お疲れ様です」

『やあ聡太《そうた》くん。今日が初配信だね』

「あ、はい。先日は本当にすみませんでした」

『気にするな。君たちの事情は聞いている。妹思いのいい兄貴だな君は』

「すみません……ありがとうございます」

『いいさ。ところで今日の初配信だが、準備はどうだい？』

「あ、はい。バッチリです！　きちんと準備してきました！」

この日の配信のために、俺は心の準備を済ませておいた。

さらに、パソコン、マイクなど、放送の準備も済ませてある。バッチリだ！

『そうか。まあ君はＶＴｕｂｅｒの兄だからね、そこまで心配してないさ』

ん？　いすずの兄貴だから、心配してないって……どういうことだろうか……。

わからんが、まあ気を遣ってくれてるってことだろう。

『一視聴者として楽しみにしているよ。どんな配信にしてくれるのか』

「ご期待に添えるよう頑張ります！」

『まあ私としては、今回も放送事故を起こしてもらいたいのだが』

しれっととんでもないこと言うなこの人……。

「はは、残念ですがその期待には応《こた》えられないです」

『おや、そうなのかい？』

「はい、俺も正式な配信はまだですが、何回かやって感覚はつかめてきましたので。さすがにもう次は、事故りませんよ」

今日はうちに、いすず以外誰も居ない。カメラの切り忘れもしない。

配信スタートもミスったりしない。うん、完璧《かんぺき》！　事故る要素ゼロ！

『それは……残念だ』

「何で残念がってるんですか……!?」

『君が事故ると視聴者が喜ぶからね』

「いやいや。視聴者も、そう何回も事故ったらさすがにあきますって。お笑いコントじゃないんですから」

『え⁉　コントじゃなかったのかい⁉』

配信だよ！

なんでそんなガチで驚いてるのこの人！

「準備もちゃんとできてますし、事故とか一〇〇パーセントしませんから」

☆

そして配信の時間となった。

今日はノーパソを使って配信する。

ＶＴｕｂｅｒのアバターを動かすソフトも、問題なく動作してる。

改めてすごい技術だよな。俺の動きに合わせてパソコンの中のキャラが、まるで生きてるように動くんだもん。み、未来だ（※令和の高校生）。

事前に動作確認しておいて良かった。

さらに、スマホの別アカウントで、俺の配信枠を映す。

ちゃんと配信が流れてるかどうか、チェックしながら放送する。これにより切り忘れ、入れ忘れを防止する。

コメント欄も、ちゃんと動いてる。

《きたー！　兄貴ー！》

《待ってたぞぉおおおい！》

コメント見られる、俺の動きに合わせてアバターも動く。

ワイン色の髪に、スーツを着込んだ美青年が映し出されている。

……これが俺の仮面《アバター》であることに戸惑いつつも、こういうもんだと理解する。

よし……いくぞ、いすず。力を貸してくれ。

「あー……えっと、時間になったので、初配信、始めたいと思います」

《声が緊張で裏返ってて草》

《兄貴は素人《しろうと》だったんやから、しゃーないやろ！》

コメントがドバーッと流れていく。

ほっ、とした。良かった。ちゃんと見てコメントしてくれる人たちが、俺の枠にもいて。

今までの配信って、全部自分の枠じゃなかった。コメントが流れてるのも、その人（アルクやいすず）に向けたものだとばかり思っていた。自分にコメントがつくかどうかは、やってみないとわからなかったから、不安ではあった。

「みんな見てくれてありがとう。コメントもうれしかったわ」

《もう配信終了で草》

《待て待て終わらせるなｗ》

《おいまだ始まってねえだろｗ》

「先にちゃんとお礼言っとかないとって思ってよ。ほら、いろいろやらかしてるし、正直やらかしすぎて見限られたかなって」

《んなことないってｗ》

《わいも含めて兄貴の面白放送を楽しみにしてたで》

《お兄ちゃんのことなんて全然好きじゃないんだからね》

「ありがとう。あとおまえのお兄ちゃんじゃない。妹面《づら》するな」

《やっぱシスコンで草ぁ！》
《お兄ちゃん配信頑張ってｗ》
《おいおいもっと妹欲しいってことかよ、ほしがりめ！》
「いやだから妹面していいのは……まあいいや。話が進まんし、はじめていくぞ」
《さぁてどんな初配信になるのか、見せてもらおうか》
《おまえはどこの立場の人間なん？　マネージャーかなにかなの？》
《どんなの準備してきたんだろー》
「ふ、任せな。ちゃんと準備してきたから」
《お！　期待高まる》
《ファンネームどうなるんだろうなｗ》
《ファンマークも気になるわ》
《配信のハッシュタグいい加減に決めて欲しかったから助かるんご》

ふぁんねーむ……？　ふぁんまーく……？　はいしん、はっしゅたぐ……？

こいつらは、一体何を……。えぇい、迷うな。予定通りいくぞ。

「じゃあ改めて、自己紹介を。ワインの兄貴だ。よろしくなおまえら」

《それ正式名称なんだw》
《ええやん、わかりやすいし》
《ワイはすきやで！》

「よし、自己紹介終わり。さて、じゃああとはいすずを呼んで、今後の方針とか話してくか」

《は？》
《ちょw》
《これで終わりってマ？》

「え、何驚いてるんだおまえら……？」

なんか知らんが、ものすごい勢いで『？』のついたコメントが流れていく。

わからんのはこっちのほうだが……。

「えっと、とりあえず予定通りやるぞ。おおい、いすずー」

ちゃんと今日は、先に俺があいさつして、二人で進めていくって決めていたんだ。

これも事前の打ち合わせ通り。ほら、準備してたろ？

がちゃ、と扉が開くと、ラフな格好の我が妹いすずがやってきた。

……だが、いすずもなんだか、困惑した様子で俺の隣に座る。

2DGCを準備。ワインの兄貴の隣にいすずワインが現れる。

「よし、じゃあいすず。みんなにあいさつしようか」

「あ、うん……いすずワインです。あの……お兄ちゃん？　大丈夫？」

《ワインたんも困惑してて草》
《兄貴に言ったげて！》

「大丈夫って、なにが？」

「最初の予定だと、お兄ちゃんの自己紹介が終わったら、あたしが入ってくるんでしょ？」

「おう。だから自己紹介終わっただろ？」

するといすずは、こんなことを言う。

「え？　ファンネームは？　ファンアートは？　ファンマークは？　ハッシュタグとかは？」

俺はいすずの顔を見て、言う。

「え、何それ？」

「…………………………は？」

《ちょｗｗｗｗｗｗｗｗｗ》
《ガチぃ……？》

「え、いや……だから、ファンネームとか」

「だからなんだよそれ」

「…………………お兄ちゃん、ちょっと、いい？」

「おう、なんだ？」

「準備してたんじゃないの？　配信の」

「おう！　準備してたぜ、心の！」

いすずがこめかみを指で押さえる。

あれ？　どうしたんだろうか、いすずのやつ。

「……なるほど。配信するぞっていう、心構えの準備してたんだ」

「ああ！　覚悟は決まったぜ俺。ＶＴｕｂｅｒやんよって！　あとは機材の動作テストとか」

「ＯＫ。わかった、お兄ちゃんが、何もわかっていないってことが」

いすずが、こんなことを言う。

「一つ質問なんだけど、お兄ちゃんって……他のＶＴｕｂｅｒさんの、初配信って見たことある？」

なんだ、そんな簡単な質問か。そんなの、言うまでもない。

俺は自信満々に答えた。

「ねえな！」

あれからちょっとずつ、ほかのＶ見るようになったけど、初配信のアーカイブは未視聴。

《自信満々に無知をさらすなｗ》

《あ、これスライドとか作ってないぱてぃーん？》

《準備＝心の準備てｗ》

コメント欄が妙なざわつきかたをしている。

いすずは汗をかきながら言う。

「みんな。とりあえず、いったんタイムアウトで。お兄ちゃんに最低限の説明しておくから」

☆

「すみまっせんでしたぁーーーーーーーーーーーーーーーー！」

デビュー配信中、俺はノートパソコンに向かって頭を下げる。

がんっ！　とパソコン乗っけてるちゃぶ台に頭をぶつけた。

《初手謝罪で草》
《謝罪ＲＴＡ》
《今がんって当たったよお兄ちゃんｗ》

パソコン画面ではもう滝のごとくコメントが流れていた。
草ばっかりだった。大草原だった。
となりでは妹が申し訳なさそうに肩をすぼめてる。
「ごめんねみんな、うちのお兄ちゃんが何にもしらなくって……」
《リアル謝罪じゃねえかｗ》
《ワインたんは悪くないよｗ》

「そうだ、いすずは悪くない！　俺が……悪いんだ……」

状況を説明しよう。俺はデビュー配信をした。準備して臨んだつもりだった。心の。

自己紹介は済ませた。そして、いすずを呼んであとは雑談していこうと思っていたのだが……。

俺は、とんでもない無知を晒《さら》していたことを教えられた。

「他のＶＴｕｂｅｒさんたち、みんなスライドとか、いろいろ用意してくるんですね……」

自己紹介のスライドやら、ダンスやらと、視聴者に自分を知ってもらうための、催しを用意して挑むものらしい。

《そうだぞｗ》
《ファンネームすら知らなくて草》
《まあしょうがないよ、兄貴ワインたんの配信以外ほぼみたことないっていうし》
「そうだよ、お兄ちゃん。みんなスライド作って、ハッシュタグとかそういうのを事前に決めておいてから、配信するのが主流なの」
「準備ってそういうことなのね……」

「なんの準備してたの？」
「だから心の準備……」
《実質なんの準備もしてなくて草》
《ほんとにあなたVTuberなんですかw》
《もはやただの一般人やろ！》
「俺、零美さんに準備万端ですって自信満々に言っちゃったよ……。しかもあんだけ、事故りませんよとか、大口叩《たた》いてのこれだからね……」
《事故りませんよ（キリッ）》
《事故ってるやんけ！》
《ほんま毎回事故よな兄貴ってw》
《もう免許返納したほうがいいぞw》
視聴者がコメントで俺をいじりまくってる……。いやでも、何も言い返せねえ。
「他のVTuberさんの配信をみて勉強しないと駄目だな……」

《兄貴落ち込まないでｗ》
《でも別に、他の人たちがやってること、兄貴もやる必要なくないか？》
《そうそう、作法があるわけじゃないんだから》
「コメント欄の言うとおりだよお兄ちゃん。別にこれって決まったものはないよ。だから大丈夫！」
《トゥンク……》
《いい女で草》
《よくできた妹さんだ》
みんなのコメントも肯定してくれているし、何より妹が、そう言ってくれた。
だから……うん、あんま凹んでちゃだめだ。
「そうだな、答えなんてないもんな」
《この兄、妹に励まされた途端復活しよったｗ》

《わいら妹さんに大敗北》
《結局兄貴はシスコンなんだよなぁｗ》
「はいじゃー切り替えて、お兄ちゃんの諸々《もろもろ》を決めていこう配信、はじめるよー」
《趣旨変わってて草》
《まさかの視聴者参加型かよｗ》
《なんやこの配信ｗ》

とりあえず、必要なものが全くそろってないのはまずいってことで、だったら配信上でやろうという流れになったのだ。
「いすず、そういうの裏でやらない？　無知をさらしてる感あってはずいんだけど」
「大丈夫！　現在進行形で恥さらしてるから！」
《辛辣《しんらつ》ぅ……！》
《この妹どSだぞｗ》
《可愛いお声でののしってほしいですぅｗ》

まあコメ欄も笑ってくれてるし、いいか。

人を笑うより、笑われるほうが俺はいい。

「じゃあまず……ファンネームから決めようか」

「ファンネームってなんなんだ?」

「視聴者の呼び方ね」

「なるほど、『おまえら』とか?」

「お兄ちゃんそれ、二人称。欲しいのは、視聴者のグループ名というか、そういう感じのだから。何がいいと思う?」

《兄貴の妹》

《兄貴の舎妹》

《シスターズ》

「おまえらは俺の妹じゃねえって何回言えばわかるんだよ!」

《妹なw》

《いいぜ、わいら妹でｗ》
《兄貴の配信のときだけＴＳすっから》
「はい、じゃあファンネームは『妹』で決定ね」
「決定じゃないよ！　俺の妹はいすず、おまえだけだよ。おまえ以外を妹とは認めたくない」
「や、やだ……お兄ちゃんってば……そんな熱烈に求められたら恥ずかしいよぉ……♡」

《配信中やぞ！　いいぞやれやれｗ》
《ここが１８禁配信ですか》
《ポル●ハブに行ってもろて》
「誰がポルノ●ブだよ！」
「お兄ちゃん、なぁにそれ？」
「子供は知らなくていいんですっ！」
《これは確信犯》
《間抜けは見つかったようだなぁ》

くそ！　余計な墓穴掘っちまった！

「じゃあ次はファンアートの呼び方ね」

「ファンアートって？」

「ツイッターとかでVさんの絵書いて投稿してるやつ。あのイラストのこと」

「あー、これな」

俺はいすずにスマホを見せる。

ぎょっ、と妹が目をむいていた。

「もう！　お兄ちゃん、どんだけあたしの画像保存してるのっ」

《お、兄妹げんかか？》

《おこなのか？》

「すごいうれしい！」

《うれしいんかいｗ》

《妹も芸人やったか。さすが兄妹、仲いいね君らｗ》

なるほど、ファンアート投稿するときの呼び方も決めておかないとだめなのか。

「ん？　でもなんで？」

「なんでって……エゴサとかするときにいるでしょ？」

「えごさ……」

「お兄ちゃんまさかエゴサもしらないの⁉」

「いやそれは知ってるから！」

《よかったｗ》
《時折兄貴は何時代の人なのって思うときある》
《おまえ……タイムリープしてね？》

「する？　正直、いすずの名前なら検索はするけど」

「なんでするのっ」

「だってうちのいすずのことみんなどう思ってるのかなって気になるじゃん」

「お兄ちゃんそれ恥ずかしいからやめて」

《ガチトーンで草》
《ワインたんもシスコン兄貴持つと大変ねｗ》
《兄貴も大概変態で草》

とりあえずファンアートの名前決めないとな……。


「兄の絵とか？」

「ストレートすぎるよ」

「兄貴イラストとか」

「ひねりがなさすぎるよ」

「ブラザー絵とか？」

「わかったネーミングセンスがないことだけがわかった」

《これはひどい》
《兄貴って意外とぽんこつなのな》
《似たもの兄妹やんけ》
《兄貴の写真とかは？》

「あーもう【#兄貴の写真】で決定」

☆

その後ファンネームなど細かいことが全部決まり、一息ついて、俺は言う。

「趣味の話終わったが、次はどんな話すりゃいいかな？」

「配信の方向性とか、かな。こういうことやっていきたいですー、みたいな」

《事故》
《配信事故》
《やらかし配信》

「配信事故は配信の内容じゃねえ！」

パソコン画面上に、ものすごい勢いでコメントが流れていく。

俺らのやりとりを見てくれている視聴者の感想コメントが、こうしてリアルタイムで得られる、流れていくのは、やっている側としてすごく楽しい。

《期待してるよ、事故を》
《顔バレ配信しても驚かないよね》
《え、まだ顔バレしてないんですかw》
「いやリアルの顔さらすわけないだろ……俺みたいなフツメンの顔みて楽しいかおまえら？」
《確かに一理ある》
《別に野郎の顔知ってもね》
「は？　楽しいんですけど？　お兄ちゃんの顔だったら、毎日見てられるんですけど？」
《ブラコンで草》
《初期ワインたんはお亡くなりになりましたねw》
《ワイは今のワインたん好きよ。擬似的にだけど可愛い妹がいる体験できるし》
「は？　ふざけんなよ。いすずは俺の妹だぞ？　誰にもやらねえよ」

《ほんま兄貴は妹のことになるとキャラ変わるよなw》

《ワインたんが結婚するときとか、号泣《ごうきゅう》すんじゃねw》

《結婚するのか……兄貴以外のやつと》

「いや結婚するだろ、俺以外のやつと。兄妹じゃ結婚できないんだし。なあいすず」

「…………」

「いすず？　どうしたんだ？」

「うぐ……う、うううううー！」

いすずは俺にガバッ、と抱きついてきた。

そのまま俺の腹の上で馬乗りになる。

「い、いすずどいてくれ……」

「お兄ちゃん……あたし、しないもん」

「し、しないって……？」

「お兄ちゃん以外の人と、結婚……ぐしゅん……しないもーーーーーーーーーーん！」

《がち泣きで草》

《くそぉw　羨ましすぎるだろおまえw》

《処す？　処す？》
《だれか丑《うし》の刻参りして！　こいつを銃殺してくれ！》
コメントが流れてるんだろうけど、押し倒されてるこの位置からじゃ、あんまりよく見えない。
いすずは俺の腹の上でわんわんと泣いてる。
「やだもん！　お兄ちゃん以外なんてやだもん！　うわわわーん！」
《愛されすぎw》
《ほう……近親相姦ですか……（ごそごそ）》
《ワインたん、兄妹で結婚はできないんやで》
《くっそぉお！　ワインたんのお兄ちゃんになりたい！》
泣きわめいてるいすず。ど、どうしよう……配信中なんだが……。
い、いや配信とか関係ない。泣いてる妹はほっとけない！
「いすず泣くなって。な？」
「やだぁ……お兄ちゃん以外やだぁ……」

《そんな兄貴と結婚したいんかw》
《ブラコン過ぎるだろこの妹w》
《兄貴に質問があります。いくらでチェンジしてくれますか?》

くっそ、相変わらずコメントが見れない。

でも今はしょうがない。

俺の上にのしかかってきた妹を、ぎゅっと抱きしめる。

「ごめんよ、変なこと言って、おまえを動揺させちゃって」

「うう~……お兄ちゃんがいいんだもん……ずっと一緒がいいんだもん……」

「うんうん、わかったわかった。ずっと一緒な」

「……ほんと?」

「ほんとほんと」

「嘘《うそ》ついたら?」

「針千本でも飲んでやるよ」

「そんなことしなくていいもん」

「じゃあどうすりゃいい?」

「……今みたいに、一緒に寝ながらぎゅってして。頭なでなでして」
《おまえら配信中になにやっとんねん！》
《ふざけんな！　もっとやれ！》

子猫みたいに甘えてくるいすずの頭を、よしよしとなでる。

「わかった。嘘ついたり、おまえから離れるようなことしたら、その都度これしてやるから」

「……うー」

「まだ何かご不満なのか？」

「そういうときだけしか、抱っこしてぎゅーってしてくれないの、やだ」

「はいはい、いつでもしてあげるよ。これで機嫌なおったか？」

「……うんっ♡　えへへ♡　すき～♡　お兄ちゃんに抱っこしてぎゅってしてもらうの、宇宙で二番目にすき～♡」

「一番は？」

「抱っこしてぎゅっとして、ちゅーしてもらうこと♡」

《えんだぁあああああああああ！》

《いやぁあああああああああ！》
《おまえらもうカップルだろ！　いい加減にしろよｗ》
よしよし、いすずも機嫌直してくれたみたいだ。
ふぅー……。ん？　何か忘れてるような……。
「あ、そうだ配信中だったな」
「あ、そういえばそうだね」
《配信中にピロートークしてんじゃねえよｗ》
《ポル●ハブいけｗ》
《いちゃいちゃの様子はメン限ですねわかります》
《みたいｗ　はよメンバーシップ解禁しろｗ》

☆

ふと、いすずが、リアルの俺の腕をつつく。

「お兄ちゃん、ストップ。そろそろ時間だよ」

「え⁉」

う、嘘だろ……？　と思って時間を確認し、びびる。

まじで一時間経《た》ってた……。

「ふふっ」

「ん？　どうしたいすず？」

「んーん、なぁんにも」

「言えよ～」

「後でね～♡」

《ワイら無視していちゃつかないでくださいｗ》
《意味深ですな》
《一時間の枠なんやし、そろそろメやな》

「ああ、そうだな。そろそろ終わるか」

《ほぼ配信事故と妹といちゃいちゃしかしてねえｗ》
《どっちも事故じゃねえか！》

《この配信が今後も続いていくのか……最高か？》

「えー今日は集まってくれてありがとう。段取り悪くて……その、ごめんなおまえら」

《ええで、面白いもん見せてもらったからなｗ》

《おもしれぇシスコン》

「誰がおもしれえシスコンだ。俺は普通の兄貴だよ」

《普通？》

《普通じゃねえよｗ》

「まあなにはともあれ、だ。俺も、頑張ってくから。俺んちの事情は、切り抜きとかでみんな知ってると思う。俺は、これからも……家族のために配信するよ。もちろん、おまえらを楽しい気持ちにさせられるよう、頑張るけど。でも、俺にとって一番は家族なんだ。すまん」

《ええよｗ》

《わいらはシスコンばか兄貴を見に来てるんやからな》
《応援するで、これからもずっと！》

コメントが、早すぎて全部は終えない。

でも、ぱっと見た感じみんな受け入れてくれてるようだ。

素人の俺の配信を。こんな……しっちゃかめっちゃかな、配信を。

段取りもなく、ただ楽しい時間を過ごしてただけなのに、みんなも楽しいって言ってくれる。

「すげえ……配信って、すげえんだな……」

いすずが俺の手を握って、微笑《ほほえ》んできた。

それは安堵《あんど》の笑みだった。言わずとも、妹の言いたいことは伝わってくる。

《これ絶対いちゃついてるわ》

《キス配信までですか⁉》

「してねえよ」

「そーだよ。ちゅっ♡」

《ちゅーしよったw》
《無法地帯すぎだろおまえらw》
《次もこういうの楽しみにしてるで！》

ちょうど、時間だった。俺はまっすぐに画面を見やる。

顔の見えない、けれど確かにそこにいる、視聴者たちに。

「それじゃ、今日はこの辺で」

「お兄ちゃん、最後のあいさつ決めてなかったね」

「えーとえーと、じゃ……お、おつ……おつあに！」

とっさに出た言葉だった。また安易と言われるだろうか……。

《おつあに！》
《おつあにでした！》
《おつあに～！》

ああ、なんだろう……。この、投げたボールが返ってくる感じ。

面と向かってのコミュニケーションじゃない。

相手の顔も声も、性別も立場も、わからないのに。

ちゃんと、相手に俺の言ったことが届いて、返ってくる。

不思議な……けれど、とても楽しい感覚。既定の時間になり、放送が終わる。

いすずが俺の顔をのぞき込んで、くすくすと笑う。

「はまった？」

「ああ！」

#エピローグ 有名VTuberの兄だけど、好きなことして生きていく

だいぶフリーダムにやり過ぎてしまったデビュー配信。

その三日後くらい、話があるといって、零美《れいみ》さんから呼び出された。

ああこれ……クビ、かぁ……。

そう思って８１２の社長室に通されると……。

パァン！　という音とともに、俺《おれ》に紙吹雪がかかる。

「え、え？」

「聡太《そうた》くん！　デビューおめでとう！」

「あ、え……？　れ、零美さん……？」

零美さん、手に持っていたパーティクラッカーを放り投げると、俺に向かってダッシュ！

そしてそのままハグ！　キス！　ふぁっ……⁉

「ああ、聡太くん！　好きだ！　大好き！」

「えええええええええええ⁉」

え、え、なに⁉　何急にぃ！

零美さんは俺をハグし、キスの嵐を浴びせる。俺は困惑するばかりだ！

ややあって。

「聡太くん、こないだはお疲れ様。すごく良かったよ！」

「は、はあ……どうもっす……」

キスの雨あられを食らって、俺はだいぶ疲れていた……つーか……。

「クビじゃあないんですか？」

「何故《なぜ》だい？」

「いやだって、あんだけしっちゃかめっちゃか、やっちゃいましたし……」

配信終わったときは、最高に気分がハイになっていた。

だがその後、スマホにＳＮＳの通知が山ほど来て、そこで冷静になったのだ。

「どうしてそこで冷静に？」

「いや、苦情が来まくってるのかなって……」

「ははは！　逆だよそれは」

「ぎゃ、逆……？」

「ふむ。なるほど、君はあの伝説の配信が、どれほどの影響を及ぼしたのか理解してないのかね」

「ふぁ……!?　で、伝説ぅ!?」

零美さんが、あの配信の影響を、懇切丁寧に説明してくれた。

たとえば世界トレンド一位を三日間独占し続けたとか、８１２プロの株価が一〇〇倍くらい上がったとか……。

「えっと、ファンタジー小説の話ですかそれ？」

「リアルの話だよ！　君が起こした旋風……いや、台風が！　世界中に８１２の名前を広めてくれた！　本当に……本当に……ありがとう……！」

「は、はあ……」

……正直、話盛ってないかなって思ってしまう。いや、多分誇張表現よな、さっきの。

株価が一〇〇倍なんてないない……。ないよね？

ほどなくして、零美さんが落ち着きを取り戻した。

彼女は椅子《いす》に腰掛ける。俺は机越しに、零美さんの前に立つ。

「今日呼び出しの件って、結局なんですか？　クビ……じゃないですよね？」

「まさか！　クビにするわけないだろ。呼び出したのは……君に、謝りたかったんだ」

「俺に？」

「ああ……」

彼女は……頭を下げた。え、え⁉　な、なんで……？

「ごめんね、聡太くん。私は、君を見くびっていたようだ」

「え、は……？　話がちょっとわからないんですけど……」

「実のところ、私は君が、一発屋で消えると思ってたのさ」

零美さんはちゃんと説明してくれた。

どうやら零美さんは、俺のことを、８１２プロ全体を活性化させるため、一時的に起用するつもりだったらしい。

「昔と比べて８１２は大きくなった。ある程度の知名度は獲得できたけど、そこでストップしてしまっている。はっきり言うと、事務所が安定期に入ってしまったんだよね」

「そこで……男の俺の起用、ですか。でも……男を入れるなら、別に誰でも良かったんじゃあ？」

男が入ることで刺激をっていうなら、なおさら、なんでこんな素人《しろうと》丸出しな俺を起用したんだろう。

そりゃ、スレてないとこがいいとか前に言ってたけど、それにしたってもうちょっといい人がいたのでは？　俺なんてやる配信全部事故るような、やばいやつだし……。

すると零美さんは、こんなことを言ってきた。

「君が入れば、うちの期待のエースであるいすずくんが、もっともっと高みを目指してくれるかなってまず思ったんだ」

「期待のエースなんですか？」

零美さんがうなずく。

「ああ。いすずくんは、アルクくんに……四天王に比肩《ひけん》するすごい才能を持ってるんだ」

ま、まじっすか！　いええい！　いすずぅ聞いてるぅ？　すごい才能だってよぉお！

「でもどうにも、最近のいすずくんは現状で満足してる感が強くてね。もっと上へ行けるのに」

「あいつそんな感じだったんですか？　毎日頑張って配信してたと思うんですけど」

「確かに頑張っていた。でもね、さらに上に行くためには、他者との絡《から》みが、どうしても必要となるのだよ」

「……コラボってことですか？」

「ああ。君も、デビュー配信で感じなかったかい？」

……確かに、そうだ。あの配信では、いすずと俺、そして視聴者、その三者が一体となって、さらなる楽しい時間が作れていた。

「視聴者とのマンツーマンの配信を否定してるわけではないよ。いすずくんがひとりで積み上げてきたものを否定したいわけではない。ただ、人は人と関わることで化学反応を起こすことが往々にしてある」

化学反応……か。

「いすずくんはすごい才能を持ってる。ひとりであれだけのリスナーを満足させられていた。だから、人と関われればもっともっと伸びる。そう感じていた。でも……彼女は頑《かたく》なでね」

……そういや、いすずが誰かとコラボしてるところ、ほとんど見たことなかったな。

「いすずくんは他者とコラボすれば絶対に伸びる。ただ、彼女はコラボしようとしなかった。その理由は……これは推測になるのだが、他人が怖かったから」

……そのとおりだと、俺は思った。

「他者とのつながりを持ちたくないという気持ちと向き合うのが怖かったのだろう。その後、Vを初めてお金が振り込まれるようになって、それで満足しようとしてたのかもね」

人と関わらない理由を、お金を得たことで、これ以上頑張らなくてもいい。そう……自分の可能性を、自ら狭めていたってことか……。

わからなくは、ない。いすずはいじめられ、引きこもっていた。家族以外の他人とつながることを……恐れていた。

「話は戻るが、彼女が上にいくためには、他者と関わる必要がある。でも、今の彼女とコラボさせるためには、ただの他人ではだめだ。特別な、誰かが必要だった」

「……俺の、家族の力が必要だったと？」

そのとおり、と零美さんが笑顔でうなずいた。

「君が入ったことでいすずくんはもちろん、アルクくんを含めた、事務所の女性Vたちにとっても、いい刺激となった。君は私の期待に見事に応えてくれたんだよ。でも……裏を返せば、君をここまでの人間だって、決めつけていた」

「一時のカンフル剤以上を、期待してなかったって……ことですね」

なるほど……つまり、俺に超特大の期待をよせてる訳ではなかったのか。

ふと、俺は事務所はいる前に、親父《おやじ》が言ってくれた言葉を思い出した。

『８１２の社長さんも経営者だもの。一つの計画がだめならじゃあ次に、ってすぐ切り替えると思う』

まさに、親父の言うとおりだったわけだ。

「がっかりしたかい？」

不安そうな零美さん。俺に不快な思いを与えてないか、気にしてくれてるんだろう。

俺は……安心させるように、笑って首を振る。

「いえ、全然。親父が似たようなこと、事務所に入る前に言っててくれたんで」

あの言葉で気が楽になったんだよなぁ。そう思うと親父はやっぱすげえわ。

零美さんは笑う俺を見て、微笑《ほほえ》む。

「そうか……随分と慧眼《けいがん》だね、君の父君は」

「はい、そりゃあもう！」

親父がほめられたぜ、へへ！

零美さんが微笑みながら、俺を見て言う。

「聡太くん、ごめんね。君をだいぶ見くびっていた。君は地に転がる原石ではなかった。君は……天に輝く星だった」

「それって……」

「君は、本物のスターになれる。私はそう確信した。是非、うちでこれからもVTuberをやってほしい」

いろいろぶっちゃけられて、謝罪されて……それでも俺の胸は、高鳴っていた。

☆

零美さんと話が終わり、家に帰ろうとしたそのときだ。

「ソータ！　やっと下りてきたわね」

「アルク……？」

812の社屋のエントランスにて、アルクが声をかけてきた。

「これから仕事か？」

「仕事はもう終わったわ。あなたが来てるって聞いたから、終わるまでここで待ってたの」

「俺を待ってたのか、どうして？」

「マネージャーさんから聞いたの。あなたが社長室でレーミさんと会ってるって……その、気を悪くしないでほしいんだけど、もしかしたらクビになるんじゃあって……心配で……」

「そうだったのか……気を遣わせてしまって、ごめんな」

いい子だなぁこの子。するとアルクは俺の顔を見て、ふっと笑った。

「どうやらアタシの心配は、杞憂《きゆう》だったみたいね」

「え？」

「いい結果だったんでしょ？　そりゃ、世界トレンド一位を三日独占なんていう、とんでもない記録残したんだし。それに……８１２プロ最速で登録者数一〇〇万人、おめでとう」

「ふぁ⁉　そ、そうなのぉ⁉」

登録者一〇〇万人って、今そんなになってたの⁉

「レーミから説明あったでしょ？」

「た、多分……なんかトレンド一位とかいろいろ、あり得ない情報が飛び交ってたから、処理しきれなくって……」

しかし……マジか。登録者数一〇〇万か。しかも、８１２プロで最速の記録だなんて。

「アタシもあなたに負けないように、頑張らないとなぁ。頑張ってよね、アタシのライバル」

「らい、ライバルぅ……？　いやいや、何言ってんだよ気が早いよ……」

「冗談よ。でも……うん。いずれそうなるかもってね、ちょっと思っちゃった。それくらい、こないだの配信、すごかったし」

……すごい、だって？

Ｎｏ．１ＶＴｕｂｅｒが、俺の配信を……すごい、って認めてくれた……？

「もちろん、かもねっていう、可能性の話だから、あんまり調子に乗らないこと。あの配信だってすごかったけど、一歩間違えれば炎上するところだったんだから。気をつけること……って、ソータ？」

「…………」

「ひゃあ！」

俺は、気づけばアルクの手を握っていた。

「な、なななななぁ⁉」

「ありがとう、アルク！　そんなふうに……俺のこと、ＶＴｕｂｅｒとして、ほめてくれてさ！」

「ぜ、全部はほめてないんだけど……って、てゆーか離して！　近いから！」

「あ、悪い」

なんだろう……すげえ、うれしい。

でも今まで感じたことがなかった感情だ。

テストで一〇〇点を取るとか、身長が伸びたとか、そういうんじゃあない。

家族からほめられたときとも……。

「あ、そうか……」

この喜びは、多分【俺】が人から認められたことに起因してるのだろう。

つまりは、承認欲求が、満たされたってことだ。

家族以外の人から、必要とされたのが……俺はうれしかったのだろう。

「なあ……アルク。ＶＴｕｂｅｒって、ちょー面白《おもしろ》いな！」

するとアルクはニッ、と笑うと「でしょぉ！」という。

アルクもまたＶのことが好きなやつなんだ。でなきゃ、ピアニストの活動で忙しいのにＶＴｕｂｅｒ続けてるわけがない。

「あ、そうだ。パパから伝言あったんだった」

「伝言？」

「そう。あのね、アルピコ学園に特別推薦枠があるのって知ってる？」

「あー……あれか。確か、なにかすごい一芸に秀《ひい》でてるやつに適用されて、授業料が卒業までただってやつ？」

「そう。あれ、あんたにあげたいって、パパが」

「⁉　え、ええ⁉　い、いいのかよ⁉」

「あったりまえでしょ？　だって、あんだけすごい才能見せつけられたらね」

……才能かぁ。はは、アハハは！　そっか……四天王も、俺に才能があるって思ってくれてるのか。こんな、俺に。ただの一般人だった、俺に。

多分この言葉は、嘘《うそ》じゃあないのだろう。零美さんが最初に俺に言ってくれた、お世辞でもなく、本当に……俺には、Vの才が、あるんだ。でなきゃ、特別推薦枠なんてくれないだろうし。

「どうする？　辞退する？」

「まさか。喜んで、受けますって言っといてくれよ！」

卒業まで授業料免除。俺が気にしていた、勉強とVの両立。それを、そこまで気にしなくて良くなった……！　もちろん勉強をサボるつもりはないけど、でも今までみたいに、勉強に神経を割かずに済む。心に余裕ができて、ＶＴｕｂｅｒ活動に、集中できる。

てか、あ……そうか。

「アルク……おまえが推してくれたのか？　俺に……ＶＴｕｂｅｒ、集中してやれるようにって」

「ふふ……♡　それはね……秘密♡」

ぱちん、とアルクが可愛《かわい》らしくウインクする。

……真実はわからない。でも、ＶＴｕｂｅｒをやらなかったら、彼女との縁もできなかったし、こうして推薦の枠も手に入らなかった。それは……事実だ。……あのとき、愛する妹の提案に、素直に従っておいて……本当によかった。

「なんにせよ、アルク。ありがとう」

「どういたしまして。それじゃ……またねソータ」

アルクは本当にうれしそうに笑うと、去って行ったのだった。

☆

そして俺は自分ちに帰ってきた。

いすずと親父は俺を出迎えてくれて、登録者数一〇〇万人おめでとうのパーティをしてくれた。二人が喜ぶ姿が見られて、感慨無量だったね。

そんで、その日の夜。

親父と二人で、パーティの後片付けをしてるときだった。

不意に、親父がこんなことを言ったのだ。

「ねえそーきゅん。ＶＴｕｂｅｒ……無理に続けなくてもいいのよ？」

親父は微笑みながらそう言っていた。

突然のことでびっくりしたけど、こういうとき親父が冗談言う人じゃあないことは知ってた。

「どうしたんだよ、親父？」

「今日の配信、見てたわ。すごかった、本当にたくさんの人があなたの配信見て、笑って、楽しい時間を過ごせてた。親として……あなたがたくさんの人を幸せにしていく、そんな立派な姿が見れて……すごくうれしかった」

親父は洗い物をやめて、真面目な顔で言う。

「でもん、親のために、したくもないことを、しなくていいの」

「…………」

親父の口調はいつも通りだったが、その表情はどこかいつもとちがっていた。優しさよりも厳しさのほうが目立っていた気がする。

それは……紛れもなく、厳格な父親の顔をしてるように、俺には思えた。

「父さんはね、あんたに好きに……自由に生きてほしい。……親のために、好きでもないことをやってるんだったなら、もうやらなくていいのよ？　大丈夫、お金は気にしなくていい」

多分……親父はマジだ。

俺に、好きなことをしてほしいと、本気で願ってるんだろう。

そのうえで、ＶＴｕｂｅｒ……これからも続けるのかって聞いてる。

いやちがうな。ＶＴｕｂｅｒ、好きでもないなら、無理にやらなくても、大丈夫だよって、提案してくれてるんだ。

俺の……子供の幸せのために。

「……ありがとう」

親父の思いを受け取り……俺の口から自然と出たのは、感謝の言葉だった。

だって、俺のためにそうやって、提案してくれたんだぜ？

うれしいに決まってんだろ？

「なあ……親父。俺さ……」

俺は、言う。俺の望みを。親の望みを。

これから、どうしたいのか？

「ＶＴｕｂｅｒこれからも、続けたい！」

……親父は愛する人を失って、俺たち兄妹を育ててる。店には借金がある。だから、そんな親父のために、何かしたい。今までずっとそう思っていた。

そこに、突然降ってわいた、ＶＴｕｂｅｒの世界への切符。

いすずに誘われて、俺はＶを始めた。

「確かに最初は、Ｖのこと、別に好きでもなかったよ。でも……」

俺は、配信事故を発端とした、今までのことを思い出す。

新しい出会い、視聴者とのやりとり。そして……妹との配信。

「ＶＴｕｂｅｒやるのってさ、ちょ～～～～～～～～～～～～～～～～～～～～！　面白いんだぜ！」

いすずの配信を見てるときにはわからなかった。

あの視聴者と一体となって、楽しい時間を作り上げる、あの感覚。自分も楽しい、相手も楽しい……。こんな仕事、初めてだ……！

「俺はＶＴｕｂｅｒ、続けるよ！　だって！　今は好きになったから！」

親父の提案はうれしかった。でも申し訳なかった。だってもう俺にとって、ＶＴｕｂｅｒもまた、好きなことだからさ！

親父は俺の答えを聞いて、目を細めると、何度もうなずく。

「そっか……ならもう、何も言わないよ。良かったね、好きなことが、やっとできて」

「おう！　あ、でもな親父！　勘違いしないでくれよ！」

「ん？　勘違い……？」

親父の発言がすげえひっかかったのだ。まるで今まで、俺、好きなことが、できてなかったみたいじゃあないか。そりゃ違うぜ。

「親のために、好きでもないことしたことなんて、今まで一度もねえよ」

「！」

「俺は家族のために何かをするのが好きなんだ」

だって……。

「俺は家族が、大好きだからよ……！」


家のバイトを手伝うのも、Vを始めたのも、全部俺の大好きな家族のため。

今までだって好きなことをして、生きてきたんだ。

これからも、それは変わらない。

「そーきゅん……あなたってば、本当に立派になったわねえ」

親父がうれしそうに、泣いていた。へへ、喜んでくれてよかった……！

「お兄ちゃぁあああああああああああああああああん！」

「いす……うぼぁあ！」

そのときいすずが横からタックルしてきた。俺を押し倒して、抱きついて、わんわんと泣く。

「うれしいよぉおう！　いすずのこと大好きってぇええ！　うびゃあああ！」

「あ、ああ……いすずのことも、大好きだよって」

「相思相愛じゃーん！　わーんうれしぃい！　パパぁ！　いすずお兄ちゃんと幸せになるよ！」

なんか微妙に俺の言いたいことと、いすずが感じてることで、ずれてるような気がする！

でも……いっか。俺はこの可愛い妹と、ちょっと変でも優しい親父のことが、大好きなのは変わらない。

「いすず。俺ＶＴｕｂｅｒ続けるよ。一緒に、頑張ろうな」

いすずは顔を上げて、ニコッと笑うと、俺の口にキスしてきた……。

そして、言う。

「うん！　ありがとう！　いすずお兄ちゃんのこと……だぁいすきっ！」

う、うん……なんかやっぱりちょっとかみ合ってないけど……ま、いっか！

かくして、ただの高校生だった俺は、配信事故がきっかけで、ＶＴｕｂｅｒとなった。

そしてこれまでも、これからも。

俺は……好きなことをして、生きていこうと、そう思ったのだった。

あとがき

初めまして、茨木野《いばらきの》と申します。

この度は、「有名ＶＴｕｂｅｒの兄だけど、何故か俺が有名になっていた（以下、本作）」をお手にとってくださり、ありがとうございます！

本作は、小説家になろう（以下、なろう）に掲載されていたものを、改題・改稿したものとなっております。


本作のテーマは、家族愛です。

どんな時でも、何をしても、無条件で受け入れてくれる、そんな家族の愛情を書きたかったんです。

僕自身、すごく家族に助けられて生きてます。

小説に悩むとだいたい父に、人生の進路に悩むとだいたい母に相談（というか愚痴）します。

父も母も、僕がどれだけ長くても、どれだけネガティブな発言をしても、無条件に話聞いて、慰めてくれます。

若い頃は、これが特別な物だと気づきませんでした。

でも社会に出て、自分を無条件に受け入れてくれる存在なんて、家族くらいなもんなのだ、それはほんとに特別な物なんだと気付かされました。

僕ももうおっさんになりました。

だからこそ今改めて、読者様と、なにより若い頃の自分に「その目に見えない、でも確かにある暖かなものは、特別な物なんだよ」って伝えたかったんです。

だから、今回家族愛をテーマに選びました。


尺が余ったので近況報告でも。

二〇二三年一一月を持ちまして、作家デビュー五周年を迎えました。二〇一八年一一月にデビュー作が出てから、五年が経過していることに驚きました。

思えば作家になれたのも、ここまで続けられたのも、応援してくださる読者の皆様や、キャラクターに命を吹き込んでくださるイラストレーター様、コミカライズを担当してくださる漫画家様、仕事をくださる編集様といった方々のおかげでもあるのですが、なろうの存在が大きかったです。

小説を書いて、すぐに感想やポイントなど、読者様からすさまじい速さで、レスポンスが来る。それをモチベーションに小説を書いて、打診が来て、モチベが上がって、また小説を書いて……と繰り返していたらあっという間に数年が経過していました。

なろうがあったからこそ、僕は五年間、小説を書き続けてこれました。本当、なろうがなかったら多分小説家になれてなかったかなぁって思っております。僕はどうにもこらえ性がないので、公募でデビューはあり得なかったです。

作家として応援してくださってる読者や関係者の皆様にはもちろん、僕を作家にしてくださった、なろうにも、深く感謝するとともに、六年目以降も、たくさん小説を書いていこうと思った、そんな五周年でした。

以下、謝辞です。

イラストレーターのｐｏｎ様、素晴らしいイラスト、ありがとうございます！　いすずがイメージ通りすぎました。めちゃかわです！

担当編集のみっひー様。前作の神作家に引き続き、今作も大変お世話になりました。メンタルクソ雑魚《ざこ》なめくじの僕を毎回励ましてくださり、本当に感謝しております。

そのほか、本作の出版に携わってくださった皆様、そしてなにより、本作を手にとってくださった読者様に、深く御礼申し上げます。
それと、父母そして兄妹にも、普段面と向かって言えないですが、いつもありがとう。
最後に、宣伝です。
本作コミカライズが決定してます！　スクエニ様で連載予定！　お楽しみに！
それでは、紙幅もつきましたので、これにて失礼します。

二〇二三年　九月某日　茨木野

ファンレター、作品の
ご感想をお待ちしています

〈あて先〉

〒106－0032
東京都港区六本木2－4－5
SBクリエイティブ（株）
GA文庫編集部 気付

「茨木野先生」係
「pon先生」係

**本書に関するご意見・ご感想は
右のQRコードよりお寄せください。**

※アクセスの際や登録時に発生する通信費等はご負担ください。

https://ga.sbcr.jp/

有名VTuberの兄だけど、何故か俺が有名になっていた

#1 妹が配信を切り忘れた

発　行　　2023年11月30日　初版第一刷発行
著　者　　茨木野
発行人　　小川 淳

発行所　　SBクリエイティブ株式会社
〒106−0032
東京都港区六本木2−4−5
電話　03−5549−1201
03−5549−1167(編集)

装　丁　　AFTERGLOW

印刷・製本　中央精版印刷株式会社

ISBN978-4-8156-1937-4
Printed in Japan　　GA文庫

試読版は
こちら!
きのした魔法工務店
異世界工法で最強の家づくりを
著：長野文三郎　画：かぼちゃ
GA
ノベル
異世界に召喚されたものの、『工務店』という外れ能力を得たせいで、辺境の要塞に左遷される事になった高校生・木下武尊。ところがこの力、覚醒してみたらとんでもない力を秘めていて――！？
異世界工法で地球の設備――トイレや空調、キャビネット、お風呂にホームセキュリティ、果ては兵舎までを次々製作！　劣悪な住環境だった要塞も快適空間に早変わり！　時々襲い来る魔物たちもセキュリティで簡単に追い返し、お目付役のエリート才女や、専属メイドの美少女たちと、気ままな城主生活を楽しむことにしたのだけど――！？　WEBで大人気の連載版に大幅加筆を加えた、快適ものづくりファンタジー、待望の書籍版！！

試読版は
こちら!

不死探偵・冷堂紅葉 02.君に遺す『希望』

著：零雫　画：美和野らぐ

GA文庫

十月■日。文学研究会に所属する俺・天内晴麻《あまないはるま》は校舎で死体を発見する。

彼女は冷堂紅葉《れいどうもみじ》の旧友だった。

「犯人を……必ず突き止めます」

「あぁ、俺と冷堂ならできるさ」

不死探偵と普通の相棒。二人は真相究明を決意するが――喫茶店の密室。同時刻連続殺人。ダイニングメッセージ。ショッピングモールの爆破。冷堂父の不可解な死。連鎖する事件。付き纏う死の影。運命のいたずらか、それとも……。

「生きてほしいです。一秒でも長く」

謎めいた事件に挑む学園ミステリ、衝撃の結末が待ち受ける第二弾！

試読版は
こちら!

第16回 GA文庫大賞
GA文庫では10代~20代のライトノベル読者に向けた
魅力溢れるエンターテインメント作品を募集します！
物語が、華ひらく。
イラスト／風花風花
大賞賞金300万円+コミカライズ確約！
◆募集内容◆
広義のエンターテインメント小説（ファンタジー、ラブコメ、学園など）で、日本語で書かれた未発表のオリジナル作品を募集します。希望者全員に評価シートを送付します。
※入賞作は当社にて刊行いたします 詳しくは募集要項をご確認下さい
リニューアルで選考課程を一新!!!
応募の詳細はGA文庫公式ホームページにて
https://ga.sbcr.jp/